La preuve

Avec *Le Grand Cahier* nous étions dans un pays en guerre où deux enfants, des jumeaux, apprenaient à survivre en usant de toutes les ressources du mal et de la cruauté. Puis les jumeaux se séparaient, l'un d'eux franchissait la frontière, laissant l'autre en son pays pacifié mais dominé par un régime autoritaire. Seul, désormais, privé d'une partie de lui-même, Lucas, celui qui est resté, semble vouloir se consacrer au bien. Il recueille Yasmine et adopte son fils Mathias, porte sa pitance au curé du village, tente de consoler Clara dont le mari fut pendu pour « trahison », écoute avec attention la confession de Victor, le libraire qui rêve d'écrire un livre... Et si c'était pire ? Le propre d'un système totalitaire n'est-il pas de pervertir à la base tout élan de générosité ? Ce que découvrira Claus, le jumeau exilé de retour sur les lieux de ses premiers forfaits, sera plus terrible encore : qu'il n'y a pas de générosité sans crime, et qu'on est toujours deux, même quand on est seul.

Au-delà de la fable, l'auteur poursuit ici son exploration impitoyable d'une mémoire si longtemps divisée, à l'image de l'Europe, et nous livre une belle méditation désespérée sur la littérature.

Agota Kristof, née en Hongrie, vit actuellement en Suisse. La Preuve *a été traduit dans plus de quinze pays, ainsi que* Le Grand Cahier, *premier roman de l'auteur.*

Du même auteur

AUX MÊMES ÉDITIONS

Le Grand Cahier
roman, 1986
(prix européen de l'ADELF)
coll. «Points Roman», n° 302

La Preuve
roman, 1988

Agota Kristof

La preuve

roman

Éditions du Seuil

TEXTE INTÉGRAL

EN COUVERTURE : illustration Kolette

ISBN 2-02-011573-5
(ISBN 1re publication : 2-02-009921-7)

1

De retour dans la maison de grand-mère, Lucas se couche près de la barrière du jardin, à l'ombre des buissons. Il attend. Un véhicule de l'armée s'arrête devant le bâtiment des gardes-frontière. Des militaires en descendent et posent à terre un corps enveloppé dans une bâche de camouflage. Un sergent sort du bâtiment, fait un signe et les soldats écartent la bâche. Le sergent siffle :

— Pour l'identifier, ce ne sera pas du gâteau ! Il faut être con pour essayer de franchir cette putain de frontière, et en plein jour encore !

Un soldat dit :

— Les gens devraient savoir que c'est impossible.

Un autre soldat dit :

— Les gens d'ici le savent. C'est ceux qui viennent d'ailleurs qui essaient.

Le sergent dit :

— Bon, allons voir l'idiot d'en face. Il sait peut-être quelque chose.

Lucas entre dans la maison. Il s'assied sur le banc d'angle de la cuisine. Il coupe du pain, pose une bouteille de vin et un fromage de chèvre sur la table. On frappe. Entrent le sergent et un soldat.

Lucas dit :

— Je vous attendais. Asseyez-vous. Prenez du vin et du fromage.

Le soldat dit :

— Volontiers.

Il prend du pain et du fromage, Lucas verse le vin.

Le sergent demande :

— Vous nous attendiez ? Pourquoi ?

— J'ai entendu l'explosion. Après les explosions, on vient toujours me demander si j'ai vu quelqu'un.

— Et vous n'avez vu personne ?

— Non.

— Comme d'habitude.

— Oui, comme d'habitude. Personne ne vient m'annoncer son intention de traverser la frontière.

Le sergent rit. Lui aussi prend du vin et du fromage :

— Vous auriez pu voir rôder quelqu'un par ici, ou dans la forêt.

— Je n'ai vu personne.

— Si vous aviez vu quelqu'un, vous le diriez ?

— Si je vous disais que je vous le dirais, vous ne me croiriez pas.

Le sergent rit de nouveau :

— Je me demande parfois pourquoi on vous appelle l'idiot.

— Je me le demande aussi. Je souffre simplement d'une maladie nerveuse due à un traumatisme psychique de l'enfance, pendant la guerre.

Le soldat demande :

— Qu'est-ce que c'est ? Qu'est-ce qu'il dit ?

Lucas explique :

— Ma tête est un peu dérangée à cause des bombardements. Ça m'est arrivé quand j'étais enfant.

Le sergent dit :

— Votre fromage est très bon. Merci. Venez avec nous.

Lucas les suit. Montrant le corps, le sergent demande :

— Connaissez-vous cet homme ? L'avez-vous déjà vu ?

Lucas contemple le corps disloqué de son père :

— Il est complètement défiguré.

Le sergent dit :

— On peut aussi reconnaître quelqu'un à ses vêtements, à ses chaussures, ou même à ses mains ou à ses cheveux.

Lucas dit :

— Tout ce que je vois, c'est qu'il n'est pas de notre ville. Ses vêtements ne sont pas d'ici. Personne ne porte des vêtements aussi élégants dans notre ville.

Le sergent dit :

— Je vous remercie. Tout cela, nous le savions. Nous ne sommes pas idiots, nous non plus. Ce que je vous demande, c'est si vous l'avez vu ou aperçu quelque part ?

— Non. Nulle part. Mais je vois que ses ongles ont été arrachés. Il a fait de la prison.

Le sergent dit :

— On ne torture pas dans nos prisons. Ce qui est curieux, c'est qu'il a les poches complètement vides. Même pas une photo, ou une clé, ou un portefeuille. Pourtant, il devait avoir sa carte d'identité, et même un laissez-passer pour pouvoir entrer dans la zone frontière.

Lucas dit :

— Il s'en sera débarrassé dans la forêt.

— C'est ce que je pense aussi. Il ne voulait pas être identifié. Je me demande qui il voulait protéger ainsi ? Si, par hasard, en cherchant des champignons, vous trouviez autre chose, vous nous l'apporteriez, n'est-ce pas, Lucas?

— Comptez sur moi, sergent.

Lucas s'assied sur le banc dans le jardin, appuie sa tête contre le mur blanc de la maison. Le soleil l'aveugle. Il ferme les yeux :

— Comment faire maintenant?

— Comme avant. Il faut continuer à se lever le matin, à se coucher le soir, et faire ce qu'il faut faire pour vivre.

— Ce sera long.

— Peut-être toute une vie.

Les cris des animaux réveillent Lucas. Il se lève, il va s'occuper de ses bêtes. Il donne à manger aux cochons, aux poules, aux lapins. Il va chercher les chèvres au bord de la rivière, les ramène, les trait. Il apporte le lait à la cuisine. Il s'assied sur le banc d'angle et reste là, assis, jusqu'à ce que le soir tombe. Alors il se lève, il sort de la maison, il arrose le jardin. C'est la pleine lune. Quand il revient à la cuisine, il mange un peu de fromage, il boit du vin. Il vomit en se penchant par la fenêtre. Il range la table. Il entre dans la chambre de grand-mère, il ouvre la fenêtre pour aérer. Il s'assied devant la coiffeuse, il se regarde dans le miroir. Plus tard Lucas ouvre la porte de sa chambre. Il regarde le grand lit. Il referme la porte et s'en va en ville.

Les rues sont désertes. Lucas marche vite. Il s'arrête devant une fenêtre éclairée, ouverte. C'est une cuisine. Une famille est en train de prendre le repas du soir. Une mère et trois enfants autour de la table. Deux garçons et une fille. Ils mangent de la soupe aux pommes de terre. Le père n'est pas là. Il est peut-être au travail, ou en prison, ou dans un camp. Ou bien il n'est pas revenu de la guerre.

Lucas passe devant les bistrots bruyants où, il y a peu de temps encore, il jouait parfois de l'harmonica. Il n'y entre pas, il continue son chemin. Il prend les ruelles sans éclairage du château, puis la petite rue sombre qui mène au cimetière. Il s'arrête devant la tombe de grand-père et de grand-mère.

Grand-mère est morte l'année passée d'une deuxième attaque au cerveau.

Grand-père est mort il y a bien longtemps. Les gens de la ville racontaient qu'il avait été empoisonné par sa femme.

Le père de Lucas est mort aujourd'hui en essayant de traverser la frontière, et Lucas ne connaîtra jamais sa tombe.

Lucas rentre chez lui. A l'aide d'une corde, il grimpe dans le galetas. Là-haut, une paillasse, une vieille couverture militaire, un coffre. Lucas ouvre le coffre, il y prend un grand cahier d'écolier, il y écrit quelques phrases. Il referme le cahier, il se couche sur la paillasse.

Au-dessus de lui, éclairés par la lune à travers la lucarne, se balancent, accrochés à une poutre, les squelettes de la mère et du bébé.

La mère et la petite sœur de Lucas sont mortes, tuées par un obus, il y a cinq ans, quelques jours avant la fin de la guerre, ici, dans le jardin de la maison de grand-mère.

Lucas est assis sur le banc du jardin. Ses yeux sont fermés. Un chariot tiré par un cheval s'arrête devant la maison. Le bruit réveille Lucas. Joseph, le maraîcher, entre dans le jardin. Lucas le regarde :

— Que voulez-vous, Joseph ?

— Qu'est-ce que je veux? C'était jour de marché aujourd'hui. Je vous ai attendu jusqu'à sept heures.

Lucas dit :

— Je vous demande pardon, Joseph. J'ai oublié quel jour nous étions. Si vous voulez, on peut vite charger la marchandise.

— Vous rigolez? Il est deux heures de l'après-midi. Je ne suis pas venu pour charger, mais pour vous demander si vous vouliez encore que je vende votre marchandise. Sinon, il faut me le dire. Ça m'est bien égal. C'est pour vous rendre service que je le fais.

— Bien sûr, Joseph. J'ai simplement oublié que c'était jour de marché.

— Ce n'est pas seulement aujourd'hui que vous avez oublié. Vous aviez oublié aussi la semaine passée, et la semaine d'avant.

Lucas dit :

— Trois semaines? Je ne m'en rendais pas compte.

Joseph secoue la tête :

— Ça ne tourne pas rond, chez vous. Qu'est-ce que vous avez fait de vos légumes et de vos fruits depuis trois semaines?

— Rien. Mais j'ai arrosé le jardin tous les jours, je crois.

— Vous croyez? Allons voir.

Joseph va derrière la maison, dans le jardin potager, Lucas le suit. Le maraîcher se penche sur les plates-bandes et jure :

— Putain de Dieu? Vous avez tout laissé pourrir! Regardez ces tomates par terre, ces haricots trop gros, ces concombres jaunes et ces fraises noires! Vous êtes fou, ou quoi ? Gâcher ainsi de la bonne marchandise ! Vous mériteriez d'être pendu ou fusillé ! Vos petits pois sont foutus pour cette année, tous vos abricots aussi. Les pommes et les pruneaux, on peut encore les sauver. Apportez-moi un seau !

Lucas apporte un seau, et Joseph commence à ramasser les pommes et les pruneaux tombés dans l'herbe. Il dit à Lucas :

— Prenez un autre seau, et ramassez tout ce qui est pourri. Peut-être que vos cochons le mangeront. Nom de Dieu ! Vos bêtes !

Joseph se précipite à la basse-cour, Lucas le suit. Joseph dit en s'épongeant le front :

— Dieu soit loué, elles ne sont pas crevées. Donnez-moi une fourche que je nettoie un peu. Par quel miracle n'avez-vous pas oublié de nourrir les animaux !

— Ils ne se laissent pas oublier. Ils crient dès qu'ils ont faim.

Joseph travaille pendant des heures, Lucas l'aide, obéissant à ses ordres.

Quand le soleil décline, ils entrent dans la cuisine.

Joseph dit :

— Que le diable m'emporte ! Je n'ai jamais senti une odeur pareille. Qu'est-ce qui pue comme ça ?

Il regarde autour de lui, aperçoit un grand bassin rempli de lait de chèvre.

— Le lait a tourné. Emportez-moi ça d'ici, versez-le dans la rivière.

Lucas obéit. Quand il revient, Joseph a déjà aéré la cuisine, lavé le carrelage. Lucas descend à la cave, il en remonte avec une bouteille de vin et du lard.

Joseph dit :

— Il faut du pain avec ça.

— Je n'en ai pas.

Joseph se lève sans rien dire et va chercher une miche de pain dans son chariot.

— Voilà. J'en ai acheté après le marché. Nous, on n'en fait plus à la maison.

Joseph mange et boit. Il demande :

— Vous ne buvez pas ? Vous ne mangez pas non plus. Que se passe-t-il donc, Lucas !

— Je suis fatigué. Je ne peux pas manger.

— Vous êtes pâle sous le hâle de votre visage, et vous n'avez que la peau sur les os.

— Ce n'est rien. Ça passera.

Joseph dit :

— Je me doutais bien que quelque chose n'allait pas dans votre tête. Ça doit être une histoire de fille.

— Non, ce n'est pas une histoire de fille.

Joseph cligne de l'œil :

— Je connais la jeunesse, va. Mais ça me ferait mal qu'un aussi beau garçon que vous se laisse aller à cause d'une fille.

Lucas dit :

— Ce n'est pas à cause d'une fille.

— A cause de quoi alors ?

— Je n'en sais rien.

— Vous n'en savez rien ? Dans ce cas, il faudrait aller voir un médecin.

— Ne vous en faites pas pour moi, Joseph, ça ira.

— Ça ira, ça ira. Il néglige son jardin, il laisse tourner le lait, il ne mange pas, il ne boit pas, et il croit que ça peut continuer comme ça.

Lucas ne répond pas.

En partant, Joseph dit :

— Écoutez, Lucas. Pour que vous n'oubliiez plus quand c'est jour de marché, je me lèverai une heure plus tôt, je viendrai vous réveiller, et on chargera ensemble les légumes, les fruits et les bêtes à vendre. Ça vous va?

— Oui, je vous remercie, Joseph.

Lucas donne une autre bouteille de vin à Joseph, il l'accompagne jusqu'à son chariot.

En fouettant son cheval, Joseph crie :

— Faites attention, Lucas! L'amour est parfois mortel.

Lucas est assis sur le banc du jardin. Ses yeux sont fermés. Quand il les rouvre, il voit une petite fille qui se balance sur une branche du cerisier.

Lucas demande :

— Que fais-tu ici? Qui es-tu?

La petite fille saute à terre, elle tripote les rubans roses attachés au bout de ses tresses :

— Tante Léonie vous demande d'aller chez monsieur le curé. Il est tout seul, parce que tante Léonie ne peut plus travailler, elle est couchée à la maison, elle ne se lève plus, elle est trop vieille. Ma mère n'a pas le temps d'aller chez monsieur le curé, parce qu'elle travaille à la fabrique, et mon père aussi.

Lucas dit :

— Je comprends. Quel âge as-tu?

— Je ne sais pas très bien. La dernière fois quand c'était mon anniversaire, j'avais cinq ans, mais c'était en hiver.

Et maintenant, c'est déjà l'automne, et je pourrais aller à l'école si je n'étais pas née trop tard.

— C'est déjà l'automne !

La petite fille rit :

— Vous ne le saviez pas ? Depuis deux jours, c'est l'automne, même si on croit que c'est l'été parce qu'il fait chaud.

— Tu en sais, des choses !

— Oui. J'ai un grand frère qui m'apprend tout. Il s'appelle Simon.

— Et toi, comment t'appelles-tu ?

— Agnès.

— C'est un beau prénom.

— Lucas aussi. Je sais que Lucas, c'est vous, parce que ma tante a dit : « Va chercher Lucas, il habite la dernière maison, en face des gardes-frontière. »

— Les gardes ne t'ont pas arrêtée ?

— Ils ne m'ont pas vue. Je suis passée par-derrière.

Lucas dit :

— J'aimerais avoir une petite sœur comme toi.

— Tu n'en as pas ?

— Non. Si j'en avais une, je lui ferais une balançoire. Veux-tu que je te fasse une balançoire ?

Agnès dit :

— J'en ai une à la maison. Mais je préfère me balancer sur autre chose. C'est plus amusant.

Elle saute, elle attrape la grande branche du cerisier et se balance en riant.

Lucas demande :

— Tu n'es jamais triste ?

— Non, car une chose me console toujours d'une autre.

Elle saute à terre :

— Il faut vous dépêcher d'aller chez monsieur le curé. Ma tante me l'a déjà dit hier et avant-hier, et avant, mais j'ai oublié tous les jours. Elle va me gronder.

Lucas dit :

— Ne t'inquiète pas. J'irai ce soir.

— Bon, alors, je rentre.

— Reste encore un peu. Aimerais-tu écouter de la musique ?

— Quelle sorte de musique ?

— Tu verras. Viens.

Lucas prend la petite fille dans ses bras, il entre dans sa chambre, pose l'enfant sur le grand lit, met un disque sur le vieux gramophone. Assis par terre à côté du lit, la tête posée sur ses bras, il écoute.

Agnès demande :

— Tu pleures ?

Lucas secoue la tête.

Elle dit :

— J'ai peur. Je n'aime pas cette musique.

Lucas prend une des jambes de la petite fille dans sa main, il la serre. Elle crie :

— Tu me fais mal ! Lâche-moi !

Lucas desserre l'étreinte de ses doigts.

Quand le disque s'achève, Lucas se lève pour mettre l'autre face. La petite fille a disparu. Lucas écoute des disques jusqu'au coucher du soleil.

Le soir, Lucas prépare un panier avec des légumes, des pommes de terre, des œufs, du fromage. Il tue une poule, la nettoie, il prend aussi du lait et une bouteille de vin.

Il sonne à la cure, personne ne vient ouvrir. Il entre par la porte de service ouverte, il pose son panier à la cuisine. Il frappe à la porte de la chambre, il entre.

Le curé, vieillard grand et maigre, est assis à son bureau. A la lueur d'une bougie, il joue aux échecs, seul.

Lucas tire une chaise près du bureau, s'assied en face du vieillard, il dit :

— Excusez-moi, mon père.

Le curé dit :

— Je vous rembourserai petit à petit pour ce que je vous dois, Lucas.

Lucas demande :

— Il y a longtemps que je ne suis pas venu ?

— Depuis le début de l'été. Vous ne vous en souvenez pas ?

— Non. Qui vous a nourri pendant ce temps ?

— Léonie m'apportait tous les jours un peu de soupe. Mais depuis quelques jours, elle est malade.

Lucas dit :

— Je vous demande pardon, mon père.

— Pardon ? Pourquoi ? Je ne vous ai pas payé depuis de nombreux mois. Je n'ai plus d'argent. L'État est séparé de l'Église, je ne suis plus rétribué pour mon travail. Je dois vivre de l'offrande des fidèles. Mais les gens ont peur d'être mal vus en venant à l'église. Il n'y a que quelques vieilles femmes pauvres aux offices.

Lucas dit :

— Si je ne suis pas venu, ce n'est pas à cause de l'argent que vous me devez. C'est pire.

— Comment cela, pire ?

Lucas baisse la tête :

— Je vous ai totalement oublié. J'ai oublié aussi mon jardin, le marché, le lait, le fromage. J'ai même oublié de manger. Pendant des mois, j'ai dormi dans le galetas, j'avais peur d'entrer dans ma chambre. Il a fallu qu'une petite fille, la nièce de Léonie, vienne aujourd'hui, pour que j'aie le courage d'y entrer. Elle m'a aussi rappelé mon devoir envers vous.

— Vous n'avez aucun devoir, aucune obligation envers moi. Vous vendez votre marchandise, vous vivez de cette vente. Si je ne peux plus vous payer, il est normal que vous ne me livriez plus rien.

— Je vous le répète, ce n'est pas à cause de l'argent. Comprenez-moi.

— Expliquez-vous. Je vous écoute.

— Je ne sais plus comment continuer à vivre.

Le curé se lève, prend le visage de Lucas dans ses mains :

— Que vous est-il arrivé, mon enfant ?

Lucas secoue la tête :

— Je ne peux pas en dire plus. C'est comme une maladie.

— Je vois. Une sorte de maladie de l'âme. Due à votre âge fragile, et peut-être aussi à votre trop grande solitude.

Lucas dit :

— Peut-être. Je vais préparer le repas et nous mangerons ensemble. Moi non plus, je n'ai pas mangé depuis longtemps. Quand j'essaie de manger, je vomis. Avec vous, je pourrai peut-être.

Il va à la cuisine, il fait du feu, il met à bouillir la poule avec les légumes. Il prépare la table, ouvre la bouteille de vin.

Le curé vient à la cuisine :

— Je vous le répète, Lucas, je ne peux plus vous payer.

— Il faut pourtant que vous mangiez.

— Oui, mais je n'ai pas besoin de ce festin. Un peu de pommes de terre ou de maïs me suffiraient.

Lucas dit :

— Vous mangerez ce que je vous apporterai et nous ne parlerons plus d'argent.

— Je ne puis accepter.

— Il est plus facile de donner que d'accepter, n'est-ce pas ? L'orgueil est un péché, mon père.

Ils mangent en silence. Ils boivent du vin. Lucas ne vomit pas. Après le repas, il fait la vaisselle. Le curé retourne dans sa chambre. Lucas l'y rejoint :

— Il faut que je parte maintenant.

— Où allez-vous ?

— Je marche dans les rues.

— Je pourrais vous apprendre à jouer aux échecs.

Lucas dit :

— Je ne crois pas que je puisse m'y intéresser. C'est un jeu compliqué qui demande beaucoup de concentration.

— Essayons.

Le curé explique le jeu. Ils jouent une partie. Lucas gagne. Le curé demande :

— Où avez-vous appris à jouer aux échecs !

— Dans des livres. Mais c'est la première fois que je joue réellement.

— Vous reviendrez pour jouer ?

Lucas revient tous les soirs. Monsieur le curé fait des progrès, les parties deviennent intéressantes, bien que ce soit toujours Lucas qui gagne.

Lucas dort de nouveau dans sa chambre, sur le grand lit. Il n'oublie plus les jours du marché, il ne laisse plus tourner le lait. Il s'occupe des animaux, du jardin, du ménage. Il retourne dans la forêt pour y ramasser des champignons et du bois sec. Il reprend aussi la pêche.

Dans son enfance, Lucas attrapait les poissons à la main, ou à la ligne. Maintenant il invente un système qui, en détournant les poissons du cours de la rivière, les dirige dans un bassin d'où ils ne peuvent plus sortir. Lucas n'a plus qu'à les prendre dans un filet quand il a besoin de poisson frais.

Le soir Lucas mange avec monsieur le curé, fait une ou deux parties d'échecs, puis il reprend sa marche dans les rues de la ville.

Une nuit il entre dans le premier bistrot qui se trouve sur son chemin. C'était un café bien tenu autrefois, même pendant la guerre. Maintenant, c'est un lieu sombre, presque vide.

La serveuse, laide et fatiguée, demande en criant de son zinc :

— Combien ?

— Trois.

Lucas s'assied à une table souillée de vin rouge et de cendre de cigarette. La serveuse lui apporte trois décis de vin rouge du pays. Elle encaisse tout de suite.

Quand il a bu ses trois décis, Lucas se lève et sort. Il va plus loin, jusqu'à la place principale. Il s'arrête devant la librairie-papeterie, il contemple longuement la vitrine : des cahiers d'écolier, des crayons, des gommes et quelques livres.

Lucas entre dans le bistrot d'en face.

Ici il y a un peu plus de monde, mais c'est encore plus

sale que dans l'autre bistrot. Le sol est recouvert de sciure.

Lucas s'assied près de la porte ouverte, car il n'y a aucune autre aération dans le local.

Un groupe de gardes-frontière occupe une longue table. Il y a des filles avec eux. Ils chantent.

Un petit vieux loqueteux vient s'asseoir à la table de Lucas :

— Tu joues quelque chose, dis ?

Lucas appelle :

— Une demie et deux verres !

Le petit vieux dit :

— Je ne voulais pas me faire payer un verre, je voulais seulement que tu joues. Comme autrefois.

— Je ne peux plus jouer comme autrefois.

— Je te comprends. Mais joue tout de même. Ça me ferait plaisir.

Lucas verse le vin :

— Bois.

Il sort son harmonica de sa poche et commence à jouer une chanson triste, une chanson d'amour et de séparation.

Les gardes-frontière et les filles reprennent la chanson.

Une des filles vient s'asseoir à côté de Lucas, elle lui caresse les cheveux :

— Regardez comme il est mignon.

Lucas arrête de jouer, il se lève.

La fille rit :

— Quel petit sauvage !

Dehors, il pleut. Lucas entre dans un troisième bistrot, il demande encore trois décis. Quand il commence à jouer, les visages se tournent vers lui, puis replongent dans les verres. Ici, les gens boivent, mais ne se parlent pas.

Soudain un homme grand et fort, amputé d'une jambe,

se campe au milieu de la salle, sous l'unique ampoule nue, et, s'appuyant sur ses béquilles, entonne un chant interdit.

Lucas l'accompagne à l'harmonica.

Les autres clients finissent rapidement leurs verres et, les uns après les autres, quittent le bistrot.

Des larmes coulent sur le visage de l'homme aux deux derniers vers du chant :

« Ce peuple a expié déjà
Le passé et l'avenir. »

Le lendemain Lucas va à la librairie-papeterie. Il choisit trois crayons, un paquet de feuilles de papier quadrillé et un cahier épais. Quand il passe à la caisse, le libraire, homme obèse et pâle, lui dit :

— Il y a longtemps que je vous ai vu. Vous étiez absent ?

— Non, j'étais simplement trop occupé.

— Votre consommation de papier est impressionnante. Je me demande parfois ce que vous pouvez en faire.

Lucas dit :

— J'aime remplir des feuilles blanches avec un crayon. Ça me distrait.

— Ça doit faire des montagnes depuis le temps.

— Je gaspille beaucoup. Les feuilles ratées me servent à allumer le feu.

Le libraire dit :

— Malheureusement, je n'ai pas de clients aussi assidus que vous. L'affaire ne marche plus. Avant la guerre, ça allait. Il y avait beaucoup d'écoles ici. Des écoles supérieures, des internats, des collèges. Les étudiants se promenaient dans les rues le soir, ils s'amusaient. Il y avait aussi un conservatoire de musique, des concerts, des représentations théâtrales toutes les semaines. Regardez dans la rue maintenant. Il n'y a que des enfants et des vieillards. Quelques ouvriers, quelques vignerons. Il n'y a plus de jeunesse dans cette ville. Les écoles ont toutes été déplacées à l'intérieur du pays, sauf l'école primaire. Les jeunes, même ceux qui ne font pas d'études, s'en vont ailleurs, dans les villes vivantes. Notre ville est une ville morte, vide. Zone frontière, bouclée, oubliée. Vous connaissez de vue tous les habitants de la ville. Ce sont toujours les mêmes visages. Aucun étranger ne peut entrer ici.

Lucas dit :

— Il y a les gardes-frontière. Ils sont jeunes.

— Oui, les pauvres. Enfermés dans les casernes, patrouillant dans la nuit. Et tous les six mois, on les change pour qu'ils ne puissent pas s'intégrer à la population. Cette ville a dix mille habitants, plus trois mille soldats étrangers, et deux mille gardes-frontière de chez nous. Avant la guerre nous avions cinq mille étudiants et des touristes en été. Les touristes venaient aussi bien de l'intérieur du pays que de l'autre côté de la frontière.

Lucas demande :

— La frontière était ouverte?

— Évidemment. Les paysans de là-bas venaient vendre leur marchandise ici, les étudiants allaient de l'autre côté pour les fêtes de village. Le train aussi continuait jusqu'à la prochaine grande ville de l'autre pays. Maintenant, notre ville, c'est le terminus. Tout le monde descend! Et sortez vos papiers!

Lucas demande :

— On pouvait aller et venir librement ? On pouvait voyager à l'étranger ?

— Naturellement. Vous, vous n'avez jamais connu ça. Maintenant, vous ne pouvez même pas faire un pas sans qu'on vous demande votre carte d'identité. Et la permission spéciale pour la zone frontière.

— Et si on n'en a pas ?

— Il vaut mieux en avoir.

— Moi, je n'en ai pas.

— Quel âge avez-vous ?

— Quinze ans.

— Vous devriez en avoir une. Même les enfants ont une carte d'identité délivrée par l'école. Comment faites-vous quand vous quittez la ville et quand vous y revenez ?

— Je ne quitte jamais la ville.

— Jamais ? Vous n'allez même pas dans la ville voisine quand vous avez besoin d'acheter quelque chose qu'on ne trouve pas ici ?

— Non. Je n'ai pas quitté cette ville depuis que ma mère m'y a amené, il y a six ans.

Le libraire dit :

— Si vous ne voulez pas avoir d'ennuis, procurez-vous une carte d'identité. Allez à la mairie et expliquez votre cas. Si on vous fait des difficultés, demandez Peter N. Dites-lui que c'est Victor qui vous envoie. Peter vient de la même ville que moi. Du nord. Il occupe un poste important dans le Parti.

Lucas dit :

— C'est gentil de votre part. Mais pourquoi aurais-je des difficultés pour obtenir une carte d'identité ?

— On ne sait jamais.

Lucas entre dans un grand bâtiment près du château. Des drapeaux flottent sur la façade. De nombreuses plaques noires aux lettres dorées indiquent les bureaux :

« Bureau politique du Parti révolutionnaire »

« Secrétariat du Parti révolutionnaire »

« Association de la Jeunesse révolutionnaire »

« Association des Femmes révolutionnaires »

« Fédération des Syndicats révolutionnaires »

De l'autre côté de la porte, une simple plaque grise aux lettres rouges :

« Affaires communales premier étage »

Lucas monte à l'étage, frappe à une fenêtre opaque au-dessus de laquelle est écrit : « Cartes d'identité ».

Un homme en blouse grise ouvre la fenêtre coulissante et regarde Lucas sans rien dire.

Lucas dit :

— Bonjour, monsieur. J'aimerais me procurer une carte d'identité.

— Renouveler, vous voulez dire. La vôtre est périmée ?

— Non, monsieur. Je n'en ai pas. Je n'en ai jamais eu. On m'a dit que j'étais tenu d'en avoir une.

Le fonctionnaire demande :

— Quel âge avez-vous ?

— Quinze ans.

— Alors, effectivement, vous devriez en avoir une. Donnez-moi votre carte d'écolier.

Lucas dit :

— Je n'ai pas de carte. D'aucune sorte.

Le fonctionnaire dit :

— Ce n'est pas possible. Si vous n'avez pas encore fini l'école primaire, vous avez votre carte d'écolier ; si vous êtes étudiant, vous avez votre carte d'étudiant ; si vous êtes apprenti, vous avez votre carte d'apprenti.

Lucas dit :

— Je suis désolé. Je n'ai ni l'une ni l'autre. Je ne suis jamais allé à l'école.

— Comment cela ? L'école est obligatoire jusqu'à l'âge de quatorze ans.

— J'ai été dispensé d'école à cause d'un traumatisme.

— Et maintenant ? Que faites-vous maintenant ?

— Je vis des produits de mon jardin. Je fais aussi de la musique le soir dans les bistrots.

Le fonctionnaire dit :

— Ah, c'est vous. Lucas T., c'est votre nom ?

— Oui.

— Avec qui vivez-vous ?

— J'habite la maison de grand-mère près de la frontière. Je vis seul. Grand-mère est morte l'année passée.

Le fonctionnaire se gratte la tête :

— Écoutez, votre cas est spécial. Il faut que je me renseigne. Je ne peux pas décider seul. Il vous faut revenir dans quelques jours.

Lucas dit :

— Peter N. pourrait peut-être arranger ça.

— Peter N. ? Le secrétaire du Parti ? Vous le connaissez ?

Il prend le téléphone. Lucas lui dit :

— Je suis recommandé par monsieur Victor.

Le fonctionnaire raccroche, il sort de son bureau :

— Venez. Nous descendons d'un étage.

Il frappe à la porte sur laquelle est écrit : « Secrétariat

du Parti révolutionnaire ». Ils entrent. Un homme jeune est assis derrière un bureau. Le fonctionnaire lui tend une carte vierge :

— C'est au sujet d'une carte d'identité.

— Je m'en occupe. Laissez-nous.

Le fonctionnaire sort, le jeune homme se lève et tend la main à Lucas :

— Bonjour, Lucas.

— Vous me connaissez ?

— Tout le monde vous connaît en ville. Je suis très heureux de pouvoir vous rendre service. Remplissons votre carte. Nom, prénom, adresse, date de naissance. Vous n'avez que quinze ans ? Vous êtes très grand pour votre âge. Métier ? J'inscris « musicien » ?

Lucas dit :

— Je vis aussi de la culture de mon jardin.

— Alors, on inscrit « jardinier », ça fait plus sérieux. Bon, cheveux châtains, yeux gris... Appartenance politique ?

Lucas dit :

— Biffez ça.

— Oui. Et ici, que désirez-vous que j'inscrive ici : « Appréciation des autorités » ?

— « Idiot », si vous le pouvez. J'ai eu un traumastisme, je ne suis pas tout à fait normal.

Le jeune homme rit :

— Pas tout à fait normal ? Qui le croirait ? Mais vous avez raison. Une telle appréciation peut vous éviter beaucoup de désagréments. Le service militaire, par exemple. J'écris donc : « Troubles psychiques chroniques ». Cela vous va ?

Lucas dit :

— Oui, monsieur. Merci, monsieur.

— Appelez-moi Peter.

Lucas dit :

— Merci, Peter.

Peter s'approche de Lucas, lui tend sa carte. De l'autre main, il lui touche doucement le visage. Lucas ferme les yeux. Peter l'embrasse longuement sur la bouche en tenant la tête de Lucas dans ses mains. Il regarde encore un moment le visage de Lucas, puis il se rassied à son bureau :

— Excusez-moi, Lucas, votre beauté m'a troublé. Je dois faire très attention. Ces choses-là sont impardonnables dans le Parti.

Lucas dit :

— Personne n'en saura rien.

Peter dit :

— Un tel vice ne peut pas être caché toute une vie. Je ne resterai pas longtemps à ce poste. Si j'y suis, c'est parce que j'ai déserté, je me suis rendu et je suis revenu avec l'armée victorieuse de nos libérateurs. J'étais encore étudiant quand on m'a envoyé à la guerre.

Lucas dit :

— Vous devriez vous marier ou, du moins, avoir une maîtresse pour détourner les soupçons. Il vous serait facile de séduire une femme. Vous êtes beau, viril. Et vous êtes triste. Les femmes aiment les hommes tristes. Et puis, vous avez une belle situation.

Peter rit :

— Je n'ai aucune envie de séduire une femme.

Lucas dit :

— Pourtant, il existe peut-être des femmes qu'on puisse aimer, d'une certaine façon.

— Vous en savez des choses à votre âge, Lucas !

— Je ne sais rien, je devine seulement.

Peter dit :

— Si vous avez besoin de quoi que ce soit, venez me voir.

2

C'est le dernier jour de l'année. Un grand froid venu du nord a saisi la terre.

Lucas descend à la rivière. Il apportera du poisson à monsieur le curé pour le repas du réveillon.

Il fait déjà nuit. Lucas s'est muni d'une lampe tempête et d'une pioche. Il commence à creuser la glace qui recouvre le bassin quand il entend un enfant pleurer. Il dirige sa lampe dans la direction des pleurs.

Une femme est assise sur le petit pont que Lucas a construit il y a de nombreuses années. La femme est enveloppée dans une couverture, elle regarde la rivière qui charrie des plaques de neige et de glace. Un bébé pleure sous la couverture.

Lucas s'approche, il demande à la femme :

— Qui es-tu ? Que fais-tu ici ?

Elle ne répond pas. Ses grands yeux noirs fixent la lumière de la lampe.

Lucas dit :

— Viens.

Il l'entoure de son bras droit, il la dirige vers la maison tout en éclairant le chemin. L'enfant pleure toujours.

Dans la cuisine il fait chaud. La femme s'assied, dégage son sein et donne la tétée au bébé.

Lucas se détourne, il met sur le feu le reste d'une soupe aux légumes.

L'enfant dort sur les genoux de sa mère. La mère regarde Lucas :

— J'ai voulu le noyer. Je n'ai pas pu.

Lucas demande :

— Veux-tu que je le fasse?

— Tu le pourrais?

— J'ai noyé des souris, des chats, des chiots.

— Un enfant, ce n'est pas la même chose.

— Veux-tu ou non que je le noie?

— Non, plus maintenant. C'est trop tard.

Après un silence, Lucas dit :

— Il y a une chambre inoccupée ici. Tu peux y dormir avec ton enfant.

Elle lève ses yeux noirs sur Lucas :

— Je te remercie. Je m'appelle Yasmine.

Lucas ouvre la porte de la chambre de grand-mère :

— Couche ton enfant sur le lit. On laisse la porte ouverte pour chauffer la chambre. Quand tu auras mangé, tu viendras dormir auprès de lui.

Yasmine pose son enfant sur le lit de grand-mère, elle revient à la cuisine.

Lucas demande :

— As-tu faim?

— Je n'ai pas mangé depuis hier soir.

Lucas verse la soupe dans un bol :

— Mange, et va dormir. On parlera demain. Je dois m'en aller maintenant.

Il retourne au bassin, prend deux poissons au filet et s'en va à la cure.

Il prépare le repas comme d'habitude, il mange avec le curé, ils font une partie d'échecs. Lucas perd pour la première fois.

Monsieur le curé est fâché :

— Vous êtes distrait ce soir, Lucas. Vous commettez des erreurs grossières. Recommençons, et concentrez-vous.

Lucas dit :

— Je suis fatigué. Il faut que je rentre.

— Vous allez encore traîner dans les bistrots.

— Vous êtes bien renseigné, monsieur le curé.

Le curé rit :

— Je vois beaucoup de vieilles femmes. Elles me racontent tout ce qui se passe en ville. Ne faites pas cette tête ! Allez, amusez-vous bien. C'est le soir du réveillon.

Lucas se lève :

— Je vous souhaite une année heureuse, mon père.

Le curé se lève aussi, il pose sa main sur la tête de Lucas :

— Que Dieu vous bénisse. Qu'Il vous donne la paix de l'âme.

Lucas dit :

— Je n'aurai jamais la paix en moi.

— Il faut prier et espérer, mon enfant.

Lucas marche dans la rue. Il passe devant les bistrots bruyants, ne s'y arrête pas, accélère le pas, il court même sur le petit chemin sans éclairage qui mène à la maison de grand-mère.

Il ouvre la porte de la cuisine. Yasmine est encore assise sur le banc d'angle. Elle a ouvert la porte de la cuisinière, elle regarde le feu. Le bol, plein de soupe refroidie, est encore sur la table.

Lucas s'assied en face de Yasmine :

— Tu n'as pas mangé.

— Je n'ai pas faim. Je suis encore transie de froid.

Lucas prend une bouteille d'eau-de-vie sur l'étagère, il en verse dans deux verres :

— Bois. Ça te réchauffera à l'intérieur.

Il boit, Yasmine aussi. Il verse encore. Ils boivent en silence. Ils entendent les cloches de la ville dans le lointain.

Lucas dit :

— C'est minuit. Une année nouvelle commence.

Yasmine laisse tomber sa tête sur la table, elle pleure.

Lucas se lève, enlève la couverture qui recouvre encore Yasmine. Il caresse les cheveux noirs, longs, brillants. Il caresse aussi les seins gonflés de lait. Il dégrafe le corsage, il se penche, il boit du lait.

Le lendemain, Lucas entre dans la cuisine. Yasmine est assise sur le banc avec son bébé sur les genoux.

Elle dit :

— J'aimerais encore baigner mon bébé. Je partirai après.

— Où irais-tu ?

— Je ne sais pas. Je ne peux pas rester dans cette ville après ce qui s'est passé.

Lucas demande :

— Qu'est-ce qui s'est passé ? C'est l'enfant ? Il y a d'autres filles mères dans la ville. Tes parents t'ont reniée ?

— Je n'ai pas de parents. Ma mère est morte à ma naissance. Je vivais avec mon père et avec ma tante, la sœur de ma mère. C'est ma tante qui m'a élevée. Quand mon père est revenu de la guerre, il l'a épousée. Mais il ne l'aimait pas. Il n'aimait que moi.

Lucas dit :

— Je vois.

— Oui. Et quand ma tante s'en est rendu compte, elle nous a dénoncés. Mon père est en prison. Moi, j'ai travaillé à l'hôpital comme femme de ménage jusqu'à mon accouchement. Je suis sortie de l'hôpital ce matin, j'ai frappé à la porte de chez nous, ma tante ne m'a pas ouvert. Elle m'a injuriée à travers la porte.

Lucas dit :

— Je connais ton histoire. On en parle dans les bistrots.

— Oui, tout le monde en parle. C'est une petite ville. Je ne peux pas rester ici. Je voulais noyer l'enfant, et ensuite, passer la frontière.

— La frontière est infranchissable. Tu sauterais sur une mine.

— Ça m'est égal de mourir.

— Quel âge as-tu ?

— Dix-huit ans.

— C'est trop tôt pour mourir. Tu peux refaire ta vie ailleurs. Dans une autre ville, plus tard, quand ton enfant sera plus grand. En attendant, tu peux rester ici aussi longtemps que tu le veux.

Elle dit :

— Mais, les gens de la ville !

— Les gens vont arrêter de jaser. Ils finiront par se taire. Tu n'es pas obligée de les voir. Ici, ce n'est pas la ville, c'est chez moi.

— Tu me garderais chez toi avec mon enfant ?

— Tu peux habiter cette chambre, tu peux venir à la cuisine, mais tu ne dois jamais venir dans ma chambre, ni monter dans le galetas. Et tu ne dois jamais me poser de questions.

Yasmine dit :

— Je ne te poserai pas de questions et je ne te dérangerai pas. J'empêcherai aussi l'enfant de te déranger. Je ferai la cuisine et le ménage. Je sais tout faire. Chez nous, c'est moi qui m'occupais de la maison, parce que ma tante travaille en usine.

Lucas dit :

— L'eau bout. Tu peux préparer le bain.

Yasmine pose une bassine sur la table, elle défait les habits et les langes de l'enfant. Lucas chauffe un drap de bain au-dessus de la cuisinière. Yasmine lave l'enfant, Lucas la regarde faire.

Il dit :

— Il a une malformation aux épaules.

— Oui. Aux jambes aussi. On me l'avait dit à l'hôpital. C'est de ma faute. J'ai serré mon ventre avec un corset pour cacher ma grossesse. Il sera infirme. Si au moins j'avais eu le courage de le noyer.

Lucas prend l'enfant enveloppé du linge dans ses bras, regarde le petit visage chiffonné :

— Il ne faut plus parler de ça, Yasmine.

Elle dit :

— Il sera malheureux.

— Toi aussi, tu es malheureuse, pourtant tu n'es pas infirme. Il ne sera peut-être pas plus malheureux que toi, ou que n'importe qui d'autre.

Yasmine reprend l'enfant, ses yeux sont remplis de larmes :

— Tu es gentil, Lucas.

— Tu sais mon nom ?

— Tout le monde te connaît dans la ville. On dit que tu es fou, mais je ne le crois pas.

Lucas sort, il revient avec des planches :

— Je vais lui fabriquer un berceau.

Yasmine fait la lessive, prépare le repas. Quand le berceau est prêt, ils couchent l'enfant dedans, ils le bercent.

Lucas demande :

— Comment s'appelle-t-il ? Tu lui as déjà donné un nom ?

— Oui. A l'hôpital, on le demande pour le déclarer à la mairie. Je l'ai appelé Mathias. C'est le nom de mon père. Aucun autre nom ne m'est venu à l'esprit.

— Tu l'aimais donc tant ?

— Je n'avais que lui.

Le soir, Lucas rentre de la cure sans s'arrêter au bistrot. Le feu brûle encore dans la cuisinière. Par la porte entrouverte, Lucas entend Yasmine chanter doucement. Il entre dans la chambre de grand-mère. Yasmine, en chemise, berce l'enfant près de la fenêtre. Lucas demande :

— Pourquoi tu n'es pas encore couchée ?

— Je t'attendais.

— Tu ne dois pas m'attendre. Généralement, je rentre beaucoup plus tard.

Yasmine sourit :

— Je sais. Tu joues dans les bistrots.

Lucas s'approche, il demande :

— Il dort ?

— Il y a longtemps. Mais j'ai du plaisir à le bercer.

Lucas dit :

— Viens à la cuisine. On risque de le réveiller.

Assis, face à face dans la cuisine, ils boivent de l'eau-de-vie en silence. Plus tard, Lucas demande :

— Cela a commencé quand? Entre ton père et toi?

— Tout de suite. Dès qu'il est revenu.

— Tu avais quel âge?

— Douze ans.

— Il t'a violée?

Yasmine rit :

— Oh, non! Il ne m'a pas violée. Il se couchait seulement près de moi, il me serrait contre lui, il m'embrassait, il me caressait, il pleurait.

— Où était ta tante pendant ce temps?

— Elle travaillait à la fabrique, en équipe. Quand elle était de l'équipe de nuit, mon père dormait avec moi, dans mon lit. C'était un lit étroit dans un réduit sans fenêtre. Nous étions heureux, tous les deux, dans ce lit.

Lucas verse de l'eau-de-vie, il dit :

— Continue!

— Je grandissais. Mon père me caressait les seins, il disait : « Bientôt, tu seras une femme, tu partiras avec un garçon. » Je disais : « Non, je ne partirai jamais. » Une nuit, dans mon sommeil, j'ai pris sa main, je l'ai posée entre mes jambes. J'ai pressé ses doigts et j'ai connu le plaisir pour la première fois. Le lendemain soir, c'est moi qui lui demandais de me donner encore ce plaisir infiniment doux. Il pleurait, il disait qu'il ne fallait pas, que cela était mal, mais j'ai insisté, je l'ai supplié. Alors, il s'est penché sur mon sexe, il le léchait, il le suçait, il l'embrassait, et mon plaisir fut encore plus intense que la première fois.

« Un soir, il s'est couché sur moi, il a mis son sexe entre mes cuisses, il me disait : "Serre les jambes, serre bien fort, ne me laisse pas entrer, je ne veux pas te faire de mal."

« Pendant des années, nous faisions l'amour ainsi, mais

est arrivée la nuit où je n'ai pu résister. Mon désir de lui était trop grand, j'ai écarté les jambes, j'étais complètement ouverte, il est entré en moi. »

Elle se tait, elle regarde Lucas. Ses grands yeux noirs brillent, ses lèvres charnues s'entrouvrent. Elle sort un sein de sa chemise et demande :

— Veux-tu ?

Lucas l'attrape par les cheveux, la traîne dans la chambre, la renverse sur le lit de grand-mère et la prend en lui mordant la nuque.

Les jours suivants, Lucas retourne dans les bistrots. Il reprend sa marche dans les rues désertes de la ville.

En rentrant, il va directement dans sa chambre.

Un soir pourtant, ivre, il ouvre la porte de la chambre de grand-mère. La lumière de la cuisine éclaire la pièce. Yasmine dort, l'enfant aussi.

Lucas se déshabille et entre dans le lit de Yasmine. Le corps de Yasmine est brûlant, celui de Lucas est glacé. Elle est tournée vers le mur, il se serre contre son dos, il place son sexe entre les cuisses de Yasmine.

Elle serre les cuisses, elle gémit :

— Père, oh, père !

Lucas lui dit à l'oreille :

— Serre. Serre plus fort.

Elle se débat, elle respire avec difficulté. Il la pénètre, elle crie.

Lucas pose sa main sur la bouche de Yasmine, tire l'édredon sur sa tête :

— Tais-toi. On va réveiller l'enfant !

Elle lui mord les doigts, lui suce le pouce.

Quand c'est fini, ils restent couchés quelques minutes, puis Lucas se lève.

Yasmine pleure.

Lucas va dans sa chambre.

C'est l'été. L'enfant est partout. Dans la chambre de grand-mère, dans la cuisine, dans le jardin. Il se déplace à quatre pattes.

Il est bossu, contrefait. Il a des jambes trop maigres, des bras trop longs, un corps mal proportionné.

Il vient aussi dans la chambre de Lucas. Il tambourine contre la porte de ses petits poings jusqu'à ce que Lucas lui ouvre. Il grimpe sur le grand lit.

Lucas met un disque sur le gramophone et l'enfant se balance sur le lit.

Lucas met un autre disque, et l'enfant se cache sous les couvertures.

Lucas prend une feuille de papier, y dessine un lapin, une poule, un cochon. L'enfant rit et embrasse le papier.

Lucas dessine une girafe et un éléphant, l'enfant secoue la tête et déchire la feuille.

Lucas aménage un carré de sable pour l'enfant, il lui achète une pelle, un arrosoir et une brouette.

Il lui installe une balançoire, il lui fabrique une voiture avec une caisse et des roues. Il assied l'enfant dans la caisse, il le promène. Il lui montre les poissons, il le fait entrer dans la cage des lapins. L'enfant essaie de caresser les lapins, mais les lapins courent, affolés, dans tous les sens.

L'enfant pleure.

Lucas va en ville et achète un ours en peluche.

L'enfant regarde l'ours, il le prend, il lui « parle », il le secoue et le jette aux pieds de Lucas.

Yasmine prend l'ours, elle le caresse :

— Il est gentil, l'ours. C'est un ourson tout à fait gentil.

L'enfant regarde sa mère et il se tape la tête contre le sol de la cuisine. Yasmine pose l'ours, et prend l'enfant dans ses bras. L'enfant hurle, il martèle la tête de sa mère, et lui donne des coups de pied dans le ventre. Yasmine le lâche et l'enfant se cache sous la table jusqu'au soir.

Le soir, Lucas ramène un tout jeune chaton sauvé de la fourche de Joseph. Debout sur le sol de la cuisine, le petit animal miaule et tremble de tous ses membres.

Yasmine met un bol de lait devant lui, le chat miaule toujours.

Yasmine installe le chat dans le berceau de l'enfant.

L'enfant grimpe dans son berceau, il se couche à côté du petit chat, il le serre contre lui. Le chat se débat et griffe l'enfant au visage et aux mains.

Quelques jours plus tard, le chat mange tout ce qu'on lui donne, et il dort dans le berceau aux pieds de l'enfant.

Lucas demande à Joseph de lui procurer un petit chien.

Un jour, Joseph arrive avec un chiot noir, aux poils longs et frisés. Yasmine est en train de suspendre la lessive dans le jardin, l'enfant fait la sieste. Yasmine frappe à la porte de Lucas, elle crie :

— Il y a quelqu'un !

Elle se cache dans la chambre de grand-mère.

Lucas va au-devant de Joseph. Joseph dit :

— Voilà le chien que je vous ai promis. C'est un chien-berger de la grande plaine. Ce sera un bon chien de garde.

Lucas dit :

— Je vous remercie, Joseph. Venez prendre un verre de vin.

Ils entrent dans la cuisine, ils boivent du vin. Joseph demande :

— Vous ne voulez pas me présenter votre femme ?

Lucas dit :

— Yasmine n'est pas ma femme. Elle ne savait pas où aller, je l'ai recueillie.

Joseph dit :

— Toute la ville connaît son histoire. C'est une bien belle fille. Le petit chien est pour son enfant, je suppose.

— Oui, pour l'enfant de Yasmine.

Avant de s'en aller, Joseph dit encore :

— Vous êtes bien jeune, Lucas, pour avoir une femme et un enfant à votre charge. C'est une grande responsabilité.

Lucas dit :

— Cela me regarde.

Quand Joseph est parti, Yasmine sort de la maison. Lucas a le petit chien dans les bras :

— Regarde ce que Joseph a apporté pour Mathias.

Yasmine dit :

— Il m'a vue. Il n'a pas fait de remarques ?

— Si. Il te trouve très belle. Tu as tort de t'inquiéter, Yasmine, de ce que les gens peuvent penser de nous. Tu devrais venir un de ces jours en ville avec moi pour t'acheter des vêtements. Tu portes la même robe depuis que tu es arrivée ici.

— Cette robe me suffit. Je n'en veux pas d'autre. Je n'irai pas en ville.

Lucas dit :

— Allons montrer le chien à Mathias.

L'enfant est sous la table de la cuisine avec le chat.

Yasmine dit :

— Mathi, c'est pour toi. C'est un cadeau.

Lucas s'assied sur le banc d'angle avec le chien, l'enfant grimpe sur ses genoux. Il regarde le chien, il écarte les poils qui lui couvrent le museau. Le chien lèche le visage de l'enfant. Le chat souffle contre le chien et s'enfuit dans le jardin.

Il fait de plus en plus froid. Lucas dit à Yasmine :

— Mathias a besoin d'habits chauds, et toi aussi.

Yasmine dit :

— Je sais tricoter. Il me faudrait de la laine et des aiguilles.

Lucas achète un panier de pelotes de laine et plusieurs paires d'aiguilles à tricoter de différentes tailles. Yasmine tricote des pull-overs, des chaussettes, des écharpes, des gants, des bonnets. Avec les restes de laine, elle confectionne des couvertures de toutes les couleurs. Lucas la félicite.

Yasmine dit :

— Je sais aussi coudre. A la maison, j'avais la vieille machine à coudre de ma mère.

— Veux-tu que j'aille la chercher ?

— Tu aurais le courage d'aller chez ma tante ?

Lucas part avec la brouette. Il frappe à la porte de la tante de Yasmine. Une femme encore jeune lui ouvre :

— Que voulez-vous ?

— Je suis venu chercher la machine à coudre de Yasmine.

Elle dit :

— Entrez.

Lucas entre dans une cuisine très propre. La tante de Yasmine le dévisage :

— Ainsi, c'est vous. Pauvre garçon. Vous n'êtes qu'un enfant.

Lucas dit :

— J'ai dix-sept ans.

— Et elle, elle va en avoir bientôt dix-neuf. Comment va-t-elle ?

— Bien.

— Et l'enfant ?

— Très bien aussi.

Après un silence, elle dit :

— J'ai entendu dire que l'enfant est né avec des malformations. C'est le châtiment de Dieu.

Lucas demande :

— Où est la machine à coudre ?

La tante ouvre une porte donnant sur un réduit étroit, sans fenêtre :

— Tout ce qui lui appartenait est là. Prenez-le.

Il y a une machine à coudre et une malle en osier. Lucas demande :

— Il n'y avait rien d'autre ici ?

— Son lit. Je l'ai brûlé.

Lucas transporte la machine à coudre et la malle sur la brouette. Il dit :

— Merci, madame.

— Il n'y a pas de quoi. Bon débarras.

Il pleut souvent. Yasmine coud et tricote. L'enfant ne peut plus jouer dehors. Il passe la journée sous la table de la cuisine avec le chien et le chat.

L'enfant dit déjà quelques mots, mais il ne marche pas encore. Quand Lucas essaie de le mettre debout, il se débat, s'enfuit à quatre pattes, et se réfugie sous la table.

Lucas va à la librairie. Il choisit de grandes feuilles blanches, des crayons de couleur et des livres d'images.

Victor demande :

— Il y a un enfant chez vous ?

— Oui. Mais ce n'est pas le mien.

Victor dit :

— Il y a tant d'orphelins. Peter m'a demandé de vos nouvelles. Vous devriez aller le voir.

Lucas dit :

— Je suis très occupé.

— Je comprends. Avec un enfant. A votre âge.

Lucas rentre. L'enfant dort sur un tapis sous la table de la cuisine. Dans la chambre de grand-mère, Yasmine coud. Lucas dépose le paquet à côté de l'enfant. Il entre dans la chambre, il embrasse Yasmine dans le cou, et Yasmine cesse de coudre.

L'enfant dessine. Il dessine le chien et le chat. Il dessine aussi d'autres animaux. Il dessine des arbres, des fleurs, la maison. Il dessine aussi sa mère.

Lucas lui demande :

— Pourquoi moi, tu ne me dessines jamais ?

L'enfant secoue la tête et se cache sous la table avec ses livres.

La veille de Noël, Lucas coupe un sapin dans la forêt. Il achète des boules de verre colorées et des bougies. Dans la chambre de grand-mère, il décore l'arbre avec l'aide de Yasmine. Les cadeaux sont posés sous l'arbre : des étoffes et une paire de bottes chaudes pour Yasmine, un chandail pour Lucas, des livres et un cheval à bascule pour Mathias.

Yasmine rôtit un canard au four. Elle cuit des pommes de terre, des choux, des haricots secs. Les biscuits sont déjà prêts depuis plusieurs jours.

Quand la première étoile apparaît dans le ciel, Lucas allume des bougies sur l'arbre. Yasmine entre dans la chambre avec Mathias dans ses bras.

Lucas dit :

— Viens chercher tes cadeaux, Mathias. Les livres et le cheval sont pour toi.

L'enfant dit :

— Je veux le cheval. Il est beau, le cheval.

Il essaie de grimper sur le dos du cheval, sans résultat. Il crie :

— Le cheval est trop grand. C'est Lucas qui l'a fait. Il est méchant Lucas. Il a fait un trop grand cheval pour Mathi.

L'enfant pleure et se tape la tête contre le plancher de la chambre. Lucas le soulève, il le secoue :

— Le cheval n'est pas trop grand. C'est Mathias qui est trop petit, parce qu'il ne veut pas se mettre debout. Toujours à quatre pattes, comme les animaux ! Tu n'es pas un animal, toi !

Il tient le menton de l'enfant pour le forcer à le regarder dans les yeux. Il lui dit avec dureté :

— Si tu ne veux pas marcher, tu ne marcheras jamais. Jamais, comprends-tu ?

L'enfant hurle, Yasmine l'arrache à Lucas :

— Laisse-le tranquille ! Il marchera bientôt.

Elle assied l'enfant sur le dos du cheval, elle le balance. Lucas dit :

— Je dois m'en aller. Couche l'enfant, et attends-moi. Je ne serai pas longtemps absent.

Il va dans la cuisine, il coupe en deux le canard rôti, le pose dans un plat chaud, l'entoure de légumes et de pommes de terre, et emballe le plat dans un linge. Le repas est encore chaud quand il arrive à la cure.

Quand ils ont mangé, Lucas dit :

— Je suis désolé, mon père, je dois rentrer, on m'attend.

Le curé dit :

— Je le sais, mon fils. En vérité, je suis étonné que tu sois venu ce soir. Je sais que tu vis dans le péché avec une femme pécheresse, et avec le fruit de ses amours coupables. Cet enfant n'est même pas baptisé, bien qu'il porte le nom d'un de nos saints.

Lucas se tait, le curé dit :

— Venez tous les deux à la messe de minuit, au moins ce soir.

Lucas dit :

— Nous ne pouvons laisser l'enfant sans surveillance.

— Alors, viens seul, toi.

Lucas dit :

— Vous me tutoyez, mon père.

— Excusez-moi, Lucas. Je me suis laissé emporter par la colère. Mais c'est parce que je vous considère comme mon propre fils, et que je tremble pour votre âme.

Lucas dit :

— Continuez à me tutoyer, mon père. Cela me fait plaisir. Mais vous savez bien que je ne vais jamais à l'église.

Lucas rentre. Dans la maison de grand-mère toutes les lumières sont éteintes. Le chat et le chien dorment à la cuisine, la moitié du canard rôti est sur la table, intacte.

Lucas veut entrer dans la chambre. La porte est fermée à clé. Il frappe, Yasmine ne répond pas.

Lucas va en ville. Derrière les fenêtres brûlent des bougies. Les bistrots sont fermés. Lucas erre longtemps dans les rues puis il entre dans l'église. La grande église est froide, presque vide. Lucas s'appuie contre le mur, près de la porte. Loin de là, à l'autre bout, monsieur le curé officie à l'autel.

Une main touche l'épaule de Lucas. Peter dit :

— Venez, Lucas. Sortons.

Dehors, il demande :

— Que faisiez-vous là ?

— Et vous, Peter ?

— Je vous ai suivi. Je sortais de chez Victor quand je vous ai vu.

Lucas dit :

— Je me sens perdu dans cette ville quand les bistrots sont fermés.

— Moi, je m'y sens perdu de toute façon. Venez chez moi pour vous réchauffer avant de rentrer.

Peter habite une belle maison, place Principale. Il y a chez lui des fauteuils profonds, des étagères de livres couvrent les parois, il y fait chaud. Peter sert de l'eau-de-vie :

— Je n'ai aucun ami dans cette ville à part Victor qui

est un homme gentil et cultivé, mais assez ennuyeux. Il ne cesse pas de se plaindre.

Lucas s'endort. A l'aube, quand il se réveille, Peter est toujours là à le regarder, assis en face de lui.

L'été suivant l'enfant se met debout. Cramponné au dos du chien, il crie :

— Lucas ! Regarde ! Regarde !

Lucas accourt. L'enfant dit :

— Mathi est plus grand que le chien. Mathi est debout.

Le chien s'écarte, l'enfant tombe. Lucas le prend dans ses bras, il le lève au-dessus de sa tête, il dit :

— Mathias est plus grand que Lucas !

L'enfant rit. Le lendemain, Lucas lui achète un tricycle.

Yasmine dit à Lucas :

— Tu dépenses trop d'argent pour des jouets.

Lucas dit :

— Le tricycle aidera ses jambes à se développer.

A l'automne, l'enfant marche avec sûreté, mais avec une claudication très marquée.

Un matin, Lucas dit à Yasmine :

— Après le déjeuner, baigne l'enfant, et habille-le proprement. Je l'emmène chez un médecin.

— Chez un médecin ? Pourquoi ?

— Tu ne vois pas qu'il boite ?

Yasmine répond :

— C'est déjà un miracle qu'il marche.

Lucas dit :

— Je veux qu'il marche comme tout le monde.

Les yeux de Yasmine se remplissent de larmes :

— Moi, je l'accepte tel qu'il est.

Quand l'enfant est lavé et habillé, Lucas le prend par la main :

— Nous allons faire une longue promenade, Mathias. Quand tu seras fatigué, je te porterai.

Yasmine demande :

— Tu traverseras la ville avec lui, jusqu'à l'hôpital ?

— Pourquoi pas ?

— Les gens vous regarderont. Vous pourriez rencontrer ma tante.

Lucas ne répond pas.

Yasmine dit encore :

— Si on veut le garder, tu ne le laisseras pas, n'est-ce pas, Lucas ?

Lucas dit :

— Quelle question !

En rentrant de l'hôpital, Lucas dit seulement :

— Tu avais raison, Yasmine.

Il s'enferme dans sa chambre, écoute ses disques, et quand l'enfant tambourine contre sa porte, il ne lui ouvre pas.

Le soir, quand Yasmine couche l'enfant, Lucas entre dans la chambre de grand-mère. Comme tous les soirs, il s'assied à côté du berceau et raconte une histoire à Mathias. Quand l'histoire est finie, il dit :

— Ton berceau va bientôt devenir trop petit. Il faudra que je te fasse un lit.

L'enfant dit :

— On gardera le berceau pour le chien et le chat.

— Oui, on gardera le berceau. Je te ferai aussi une étagère pour les livres que tu possèdes déjà, et pour tous les autres que je vais t'acheter.

L'enfant dit :

— Raconte encore une histoire.

— Je dois aller travailler.

— La nuit, il n'y a pas de travail.

— Pour moi, il y a toujours du travail. Il faut que je gagne beaucoup d'argent.

— C'est pourquoi, l'argent ?

— Pour acheter tout ce qu'il nous faut, à nous trois.

— Des habits et des chaussures ?

— Oui. Et aussi des jouets, des livres et des disques.

— Les jouets et les livres, c'est bien. Va travailler.

Lucas dit :

— Et toi, tu dois dormir, pour grandir.

L'enfant dit :

— Je ne grandirai pas, tu le sais bien. Le médecin l'a dit.

— Tu l'as mal compris, Mathias. Tu grandiras. Moins vite que les autres enfants, mais tu grandiras.

L'enfant demande :

— Pourquoi moins vite ?

— Parce que tout le monde est différent. Tu seras moins grand que les autres, mais plus intelligent. La taille n'a pas d'importance, seule compte l'intelligence.

Lucas sort de la maison. Mais au lieu d'aller vers la ville, il descend à la rivière, il s'assied dans l'herbe humide et contemple l'eau noire et boueuse.

3

Lucas dit à Victor :

— Ces livres d'enfants se ressemblent tous et les histoires qu'ils racontent sont stupides. C'est inacceptable pour un enfant de quatre ans.

Victor hausse les épaules :

— Que voulez-vous ? Les livres pour adultes, c'est la même chose. Regardez. Quelques romans, écrits à la gloire du régime. C'est à croire qu'il n'y a plus d'écrivains dans notre pays.

Lucas dit :

— Oui, je les connais, ces romans-là. Ils ne valent pas leur poids de papier. Que sont devenus les livres d'autrefois ?

— Interdits. Disparus. Retirés de la circulation. Vous en trouverez peut-être à la bibliothèque, si elle existe encore.

— Une bibliothèque dans notre ville ? Je n'en ai jamais entendu parler. Où se trouve-elle !

— Dans la première rue à gauche en partant du château. Je ne peux pas vous dire le nom de la rue, ça change tout le temps. Ils baptisent et débaptisent les rues sans cesse.

Lucas dit :

— Je la trouverai.

La rue indiquée par Victor est vide. Lucas attend. Un veillard sort d'une maison. Lucas lui demande :

— Savez-vous où se trouve la bibliothèque?

Le vieillard montre une vieille maison grise, délabrée :

— C'est là. Mais pas pour longtemps, je crois. On dirait qu'ils déménagent. Chaque semaine un camion arrive pour emporter les livres.

Lucas entre dans la maison grise. Il suit un long corridor sombre qui se termine par une porte vitrée sur laquelle une plaque rouillée indique : « Bibliothèque publique ».

Lucas frappe. Une voix de femme répond :

— Entrez !

Lucas entre dans une vaste pièce éclairée par le soleil couchant. Une femme aux cheveux gris est assise derrière un bureau. Elle porte des lunettes. Elle demande :

— Que voulez-vous ?

— J'aimerais emprunter des livres.

La femme enlève ses lunettes, regarde Lucas :

— Emprunter des livres ? Depuis que je suis ici, personne n'est venu pour emprunter des livres.

— Vous êtes ici depuis longtemps?

— Depuis deux ans. Je suis chargée de mettre de l'ordre ici. Je dois trier les ouvrages et éliminer ceux qui sont à l'index.

— Et que se passe-t-il après? Qu'en faites-vous?

— Je les mets dans ces caisses et ils sont emportés et mis au pilon.

— Il y a beaucoup de livres à l'index?

— Presque tous.

Lucas regarde les grandes caisses remplies de livres :

— Quel triste travail que le vôtre.

Elle demande :

— Vous aimez les livres?

— J'ai lu tous les livres de monsieur le curé. Il en a beaucoup, mais ils ne sont pas tous intéressants.

Elle sourit :

— J'imagine.

— J'ai lu aussi ceux qu'on trouve dans le commerce. Ils sont encore moins intéressants.

Elle sourit encore :

— Quel genre de livre aimeriez-vous lire ?

— Des livres mis à l'index.

Elle remet ses lunettes, elle dit :

— C'est impossible. Je le regrette. Allez-vous-en !

Lucas ne bouge pas. Elle répète :

— Je vous ai dit de partir.

Lucas dit :

— Vous ressemblez à ma mère.

— En plus jeune, je l'espère ?

— Non. Ma mère était plus jeune que vous quand elle est morte.

Elle dit :

— Excusez-moi. Je suis désolée.

— Ma mère avait encore des cheveux noirs. Vous, vous avez des cheveux gris et vous portez des lunettes.

La femme se lève :

— Il est cinq heures. Je ferme.

Dans la rue, Lucas dit :

— Je vous raccompagne. Laissez-moi porter votre cabas. Il me semble très lourd.

Ils marchent en silence. Près de la gare, devant une petite maison basse, elle s'arrête :

— J'habite ici. Merci. Comment vous appelez-vous ?

— Lucas.

— Merci, Lucas.

Elle reprend son cabas. Lucas demande :

— Qu'est-ce qu'il y a dedans ?

— Des briquettes de charbon.

Le lendemain, en fin d'après-midi, Lucas retourne à la bibliothèque. La femme aux cheveux gris est assise à son bureau. Lucas dit :

— Vous avez oublié de me prêter un livre hier.

— Je vous ai expliqué que c'était impossible.

Lucas prend un livre dans une des grandes caisses :

— Laissez-moi en prendre un seul. Celui-ci.

Elle élève la voix :

— Vous n'avez même pas regardé le titre. Remettez ce livre dans la caisse et allez-vous-en !

Lucas remet le livre dans la caisse :

— Ne vous fâchez pas. Je ne prendrai aucun livre. J'attendrai la fermeture.

— Vous n'attendrez rien du tout ! Sortez d'ici, sale petit provocateur ! Si ce n'est pas honteux, à votre âge !

Elle se met à sangloter :

— Quand arrêtera-t-on de m'espionner, de m'épier, de me suspecter ?

Lucas sort de la bibliothèque, il s'assied sur l'escalier de la maison d'en face, il attend. Peu après cinq heures, la femme arrive, souriante :

— Excusez-moi. J'ai tellement peur. Tout le temps peur. De tout le monde.

Lucas dit :

— Je ne vous demanderai plus de livres. Je suis revenu seulement à cause de la ressemblance que vous avez avec ma mère.

Il sort une photo de sa poche :

— Regardez.

Elle regarde la photo :

— Je ne vois aucune ressemblance. Votre mère est jeune, belle, élégante.

Lucas demande :

— Pourquoi portez-vous des chaussures à talons plats, et ce costume sans couleur ? Pourquoi vous comportez-vous comme une vieille femme !

Elle dit :

— J'ai trente-cinq ans.

— Ma mère en avait autant sur la photo. Vous pourriez au moins vous faire teindre les cheveux.

— Mes cheveux sont devenus blancs en l'espace d'une seule nuit. Celle pendant laquelle « ils » ont pendu mon mari pour haute trahison. Il y a trois ans de cela.

Elle tend son cabas à Lucas :

— Raccompagnez-moi.

Devant la maison, Lucas demande :

— Je peux entrer ?

— Personne n'entre jamais chez moi.

— Pourquoi ?

— Je ne connais personne dans cette ville.

— Vous me connaissez, moi, maintenant.

Elle sourit :

— Bon. Entrez, Lucas.

Dans la cuisine, Lucas dit :

— Je ne sais pas votre nom. Je n'ai pas envie de vous appelez « madame ».

— Je m'appelle Clara. Vous pouvez porter le cabas dans la chambre, et le vider à côté du fourneau. Je prépare du thé.

Lucas vide les briquettes de charbon dans une caisse en bois. Il va à la fenêtre, il voit un petit jardin à l'abandon, et plus loin, le ballast d'une voie ferrée envahie par les mauvaises herbes.

Clara entre dans la chambre :

— J'ai oublié d'acheter du sucre.

Elle pose un plateau sur la table, elle vient près de Lucas :

— C'est tranquille ici. Les trains n'y passent plus.

Lucas dit :

— C'est une jolie maison.

— C'est une maison de fonction. Elle appartenait à des gens qui se sont expatriés.

— Les meubles aussi ?

— Les meubles de cette pièce, oui. Dans l'autre chambre, ce sont des meubles à moi. Mon lit, mon bureau, ma bibliothèque.

Lucas demande :

— Je peux la voir, votre chambre ?

— Une autre fois, peut-être. Venez boire votre thé.

Lucas boit un peu de thé amer, puis dit :

— Je dois m'en aller, j'ai du travail. Mais je pourrais revenir plus tard.

Elle dit :

— Non, ne revenez pas. Je me couche très tôt pour économiser le charbon.

Quand Lucas arrive à la maison, Yasmine et Mathias sont à la cuisine. Yasmine dit :

— Le petit ne voulait pas se coucher sans toi. J'ai déjà donné à manger aux animaux, j'ai trait les chèvres.

Lucas raconte une histoire à Mathias, puis il passe à la cure. Enfin il retourne à la petite maison rue de la Gare. Il n'y a plus de lumière.

Lucas attend dans la rue. Clara sort de la bibliothèque. Elle n'a pas son cabas. Elle dit à Lucas :

— Vous n'allez tout de même pas m'attendre ici tous les jours ?

— Pourquoi ? Cela vous ennuie ?

— Oui. C'est ridicule et c'est inutile.

Lucas dit :

— J'aimerais vous raccompagner.

— Je n'ai pas mon cabas. D'ailleurs, je ne rentre pas directement. J'ai des courses à faire.

Lucas demande :

— Je peux venir chez vous plus tard dans la soirée ?

— Non !

— Pourquoi ? C'est vendredi, aujourd'hui. Vous ne travaillerez pas demain. Vous n'êtes pas obligée de vous coucher tôt.

Clara dit :

— Ça suffit ! Ne vous occupez pas de moi, ni de l'heure à laquelle je me couche. Arrêtez de m'attendre et de me suivre comme un petit chien.

— Je ne vous verrai pas jusqu'à lundi ?

Elle soupire, elle secoue la tête :

— Ni lundi ni un autre jour. Cessez de m'importuner, Lucas, je vous en prie. Que me voulez-vous, enfin ?

Lucas dit :

— J'ai du plaisir à vous voir. Même avec votre vieux costume et avec vos cheveux gris.

— Petit insolent !

Clara tourne les talons et s'en va dans la direction de la place Principale. Lucas la suit.

Clara entre dans un magasin de confection, puis dans un

magasin de chaussures. Lucas attend longtemps. Ensuite, elle va encore dans une épicerie. Ses deux bras sont chargés quand elle reprend le chemin de la rue de la Gare. Lucas la rattrape :

— Laissez-moi vous aider.

Clara dit sans s'arrêter :

— N'insistez pas ! Allez-vous-en ! Et que je ne vous revoie plus !

— Bien, Clara. Vous ne me reverrez plus.

Lucas rentre. Yasmine lui dit :

— Mathias est déjà couché.

— Déjà ? Pourquoi ?

— Je crois qu'il boude.

Lucas entre dans la chambre de grand-mère :

— Tu dors déjà, Mathias ?

L'enfant ne répond pas. Lucas sort de la chambre. Yasmine demande :

— Tu rentreras tard, ce soir ?

— C'est vendredi.

Elle dit :

— Le jardin et les animaux rapportent suffisamment. Tu devrais arrêter de jouer dans les bistrots, Lucas. Les quelques pièces que tu y gagnes ne valent pas la peine d'y passer la nuit.

Lucas ne répond pas. Il fait son travail du soir et va à la cure.

Le curé dit :

— Il y a bien lontemps que nous n'avons pas joué aux échecs.

Lucas dit .

— Je suis très occupé en ce moment.

Il va en ville, entre dans un bistrot, joue de l'harmonica,

il boit. Il boit dans tous les bistrots de la ville, et retourne à la maison de Clara.

Aux fenêtres de la cuisine, la lumière filtre entre les deux rideaux tirés. Lucas contourne le bloc de maisons, il revient par les rails du chemin de fer, il entre dans le jardin de Clara. Ici les rideaux sont plus minces, Lucas distingue deux silhouettes dans la pièce où il est entré hier. Un homme va et vient dans la chambre, Clara est appuyée au fourneau. L'homme s'approche d'elle, s'éloigne, s'approche de nouveau. Il parle. Lucas entend sa voix, mais ne comprend pas ce qu'il dit.

Les deux silhouettes se confondent. Cela dure longtemps. Elles se séparent. La lumière s'allume dans la chambre à coucher. Il n'y a plus personne au salon.

Quand Lucas passe à l'autre fenêtre, la lumière s'éteint.

Lucas revient devant la maison. Caché dans l'ombre, il attend.

Au petit matin un homme sort de chez Clara et s'éloigne à pas rapides. Lucas le suit. L'homme entre dans une des maisons de la place Principale.

De retour, Lucas entre dans la cuisine pour boire de l'eau. Yasmine sort de la chambre de grand-mère :

— Je t'ai attendu toute la nuit. Il est six heures du matin. Où étais-tu ?

— Dans la rue.

— Qu'est-ce qui ne va pas, Lucas ?

Elle tend la main pour lui caresser le visage. Lucas écarte cette main, sort de la cuisine et s'enferme dans sa chambre.

Samedi soir, Lucas va d'un bistrot à l'autre. Les gens sont ivres et généreux.

Soudain, à travers la fumée, Lucas *la* voit. Elle est assise, seule, près de l'entrée, elle boit du vin rouge. Lucas s'assied à sa table :

— Clara ! Que faites-vous ici ?

— Je ne pouvais pas dormir. J'avais envie de voir des gens.

— Ces gens-là ?

— N'importe qui. Je ne peux pas rester à la maison seule, toujours seule.

— Vous n'étiez pas seule, hier soir.

Clara ne répond pas, elle se verse du vin, elle boit. Lucas lui retire le verre des mains :

— C'est assez !

Elle rit :

— Non. Ce n'est jamais assez. Je veux boire et encore boire.

— Pas ici ! Pas avec ceux-là !

Lucas serre le poignet de Clara. Elle le regarde, elle murmure :

— Je vous cherchais.

Lucas dit :

— Vous ne vouliez plus me voir.

Elle ne répond pas, elle détourne la tête.

Les clients réclament de la musique.

Lucas jette de la monnaie sur la table :

— Venez !

Il prend Clara par le bras, il la guide vers la sortie.

Des remarques et des rires grossiers les accompagnent.

Dehors, il pleut. Clara titube, elle glisse sur ses talons hauts. Lucas doit presque la porter.

Dans sa chambre, elle tombe sur le lit, elle tremble. Lucas

lui enlève ses chaussures, il la couvre. Il va dans l'autre chambre, il fait du feu dans le fourneau qui chauffe les deux pièces. Il prépare du thé à la cuisine, il en apporte deux tasses. Clara dit :

— Il y a du rhum dans l'armoire de la cuisine.

Lucas apporte le rhum, il en verse dans les tasses.

Clara dit :

— Tu es trop jeune pour boire de l'alcool.

Lucas dit :

— J'ai vingt ans. J'ai appris à boire à l'âge de douze ans.

Clara ferme les yeux :

— Je pourrais presque être ta mère.

Plus tard elle dit encore :

— Reste ici. Ne me laisse pas seule.

Lucas s'assied sur la chaise du bureau, il regarde la chambre. A part le lit, il n'y a que le grand bureau et une petite étagère de livres. Il regarde les livres, ils sont sans intérêt, il les connaît.

Clara dort. Un de ses bras pend hors du lit. Lucas prend ce bras. Il embrasse le dos de la main, puis la paume. Il la lèche, sa langue remonte jusqu'au coude. Clara ne bouge pas.

Il fait chaud maintenant. Lucas écarte l'édredon. Le corps de Clara est devant lui, blanc et noir.

Pendant que Lucas était à la cuisine, Clara avait enlevé sa jupe, son pull-over. Maintenant, Lucas lui enlève ses bas noirs, ses jarretelles noires, son soutien-gorge noir. Il recouvre le corps blanc de l'édredon. Puis il brûle les sous-vêtements dans le fourneau de l'autre chambre. Il y prend un fauteuil, s'installe à côté du lit. Il aperçoit un livre par terre. Il le regarde. C'est un vieux livre usé, la page de garde porte le timbre de la bibliothèque. Lucas lit, les heures passent.

Clara se met à geindre. Ses yeux restent fermés, son visage

est couvert de sueur, sa tête tourne de droite à gauche sur l'oreiller, elle murmure des mots incompréhensibles.

Lucas va dans la cuisine, mouille un linge, le pose sur le front de Clara. Les mots incompréhensibles deviennent hurlements.

Lucas la secoue pour la réveiller. Elle ouvre les yeux :

— Dans le tiroir de mon bureau. Des calmants. Une boîte blanche.

Lucas trouve les calmants, Clara en avale deux avec le reste du thé refroidi. Elle dit :

— Ce n'est rien. C'est toujours le même cauchemar.

Elle ferme les yeux. Quand sa respiration devient régulière, Lucas s'en va. Il emporte le livre.

Il marche lentement sous la pluie à travers les rues désertes, jusqu'à la maison de grand-mère, à l'autre bout de la ville.

Le dimanche après-midi Lucas retourne chez Clara. Il frappe à la porte de la cuisine.

Clara demande :

— Qui est-ce ?

— C'est moi, Lucas.

Clara ouvre la porte. Elle est pâle, elle porte un vieux peignoir rouge.

— Que voulez-vous ?

Lucas dit :

— Je passais. Je me demandais si vous alliez bien.

— Je me sens très bien, oui.

Sa main, qui tient la porte, tremble.

Lucas dit :

— Excusez-moi. J'avais peur.

— De quoi ? Vous n'avez aucune raison d'avoir peur pour moi.

Lucas dit tout bas :

— Clara, je vous en prie, laissez-moi entrer.

Clara secoue la tête :

— Vous avez le don d'insister, Lucas. Entrez donc, et prenez un peu de café.

Ils s'asseyent à la cuisine, ils boivent du café.

Clara demande :

— Qu'est-ce qui s'est passé hier soir ?

— Vous ne vous en souvenez pas ?

— Non. Je suis en traitement depuis la mort de mon mari. Les médicaments que je dois prendre ont parfois un effet désastreux sur ma mémoire.

Lucas dit :

— Je vous ai ramenée du bistrot. Si vous prenez des médicaments, vous devriez vous abstenir de boire de l'alcool.

Elle cache son visage dans ses mains :

— Vous ne pouvez pas vous imaginer ce que j'ai vécu.

Lucas dit :

— Je connais la douleur de la séparation.

— La mort de votre mère.

— Quelque chose d'autre encore. Le départ d'un frère avec qui je ne faisais qu'un.

Clara relève la tête, elle regarde Lucas :

— Nous aussi, Thomas et moi, nous n'étions qu'un seul être : « Ils » l'ont assassiné. Ont-ils assassiné aussi votre frère ?

— Non. Il est parti. Il a traversé la frontière.

— Pourquoi n'êtes-vous pas parti avec lui ?

— Il fallait que l'un de nous reste ici pour s'occuper des bêtes, du jardin, de la maison de grand-mère. Il fallait aussi que nous apprenions à vivre l'un sans l'autre. Seuls.

Clara pose sa main sur la main de Lucas :

— Quel est son nom ?

— Claus.

— Il reviendra. Thomas, lui, ne reviendra plus.

Lucas se lève :

— Voulez-vous que j'allume le feu dans la chambre ? Vous avez les mains glacées.

Clara dit :

— C'est gentil. Je vais faire des crêpes. Je n'ai encore rien mangé aujourd'hui.

Lucas nettoie le fourneau. Il ne reste aucune trace des sous-vêtements noirs. Il allume le feu et revient à la cuisine :

— Il n'y a plus de charbon.

Clara dit :

— Je vais en chercher à la cave.

Elle prend un seau en fer-blanc, Lucas dit :

— Laissez-moi y aller.

— Non ! Il n'y a pas de lumière. Moi, j'ai l'habitude.

Lucas s'assied dans un fauteuil du salon, il sort de sa poche le livre qu'il avait pris chez Clara. Il lit.

Clara apporte des crêpes.

Lucas demande :

— Qui est-ce, votre amant ?

— Vous m'avez espionnée ?

Lucas dit :

— C'est pour lui que vous avez acheté des sous-vêtements noirs, c'est pour lui que vous avez mis des chaussures à talons hauts. Vous auriez dû aussi vous faire teindre les cheveux.

Clara dit :

— Tout cela ne vous regarde pas. Que lisez-vous ?

Lucas lui tend le livre :

— Je vous l'ai emprunté hier. Il m'a beaucoup plu.

— Vous n'aviez pas le droit de l'emporter chez vous. Je dois le rapporter à la bibliothèque.

Lucas dit :

— Ne vous fâchez pas, Clara. Je vous demande pardon.

Clara se détourne :

— Mes sous-vêtements ? Vous les avez empruntés, eux aussi ?

— Non. Je les ai brûlés.

— Vous les avez brûlés ? De quel droit ?

Lucas se lève :

— Il vaut mieux que je m'en aille, je crois.

— Oui, allez-vous-en. On vous attend.

— Qui m'attend ?

— Une femme et un enfant, à ce qu'on m'a dit.

— Yasmine n'est pas ma femme.

— Elle vit chez vous depuis quatre ans avec son enfant.

— L'enfant n'est pas de moi, mais il est à moi maintenant.

Le lundi, Lucas attend en face de la bibliothèque. Le soir tombe et Clara ne vient pas. Lucas entre dans la vieille maison grise, suit le long corridor, frappe à la porte vitrée. Il n'y a pas de réponse, la porte est fermée à clé.

Lucas court jusqu'à la maison de Clara. Il entre sans frapper à la cuisine, puis au salon. La porte de la chambre à coucher est entrebâillée. Lucas appelle :

— Clara ?

— Venez, Lucas.

Lucas entre dans la chambre. Clara est au lit. Lucas s'assied sur le bord du lit, prend la main de Clara, elle est brûlante. Il lui touche le front :

— Je vais chercher un médecin.

— Non, ce n'est pas la peine. Ce n'est qu'un refroidissement. J'ai mal à la tête et à la gorge, c'est tout.

— Avez-vous des médicaments contre la douleur et la fièvre ?

— Non, je n'ai rien. On verra demain. Allumez seulement le feu, et faites un peu de thé.

En buvant le thé, elle dit :

— Merci d'être venu, Lucas.

— Vous saviez bien que je reviendrais.

— Je l'espérais. C'est atroce d'être malade quand on est complètement seul.

Lucas dit :

— Vous ne serez plus jamais seule, Clara.

Clara serre la main de Lucas contre sa joue :

— J'ai été méchante avec vous.

— Vous m'avez traité comme un chien. Cela n'a pas d'importance.

Il caresse les cheveux de Clara, mouillés de transpiration :

— Essayez de dormir. Je vais chercher des médicaments et je reviens.

— La pharmacie est déjà sûrement fermée.

— Je la ferai ouvrir.

Lucas court jusqu'à la place Principale, il sonne chez l'unique pharmacien de la ville. Il sonne plusieurs fois. Une petite fenêtre s'ouvre enfin dans la porte en bois, le pharmacien demande :

— Que voulez-vous ?

— Des médicaments contre la fièvre et les douleurs. C'est urgent.

— Avez-vous une ordonnance ?

— Je n'ai pas eu le temps de joindre un médecin.

— Ça ne m'étonne pas. L'ennui, c'est que sans ordonnance, c'est cher.

— Peu importe.

Lucas sort un billet de sa poche, le pharmacien apporte un tube de comprimés.

Lucas court jusqu'à la maison de grand-mère. Yasmine et l'enfant sont à la cuisine. Yasmine dit :

— Je me suis déjà occupée des animaux.

— Merci, Yasmine. Peux-tu apporter son repas à monsieur le curé ce soir ? Je suis pressé.

Yasmine dit :

— Monsieur le curé, je ne le connais pas. Je n'ai pas envie de le voir.

— Tu n'as qu'à poser le panier sur la table de la cuisine.

Yasmine se tait, elle regarde Lucas. Lucas se tourne vers Mathias :

— Ce soir, c'est Yasmine qui te racontera une histoire.

L'enfant dit :

— Yasmine ne sait pas raconter les histoires.

— Alors, c'est toi qui lui en raconteras une. Et tu me feras un beau dessin.

— Oui, un beau dessin.

Lucas retourne chez Clara. Il délaye deux comprimés dans un verre d'eau, il l'apporte à Clara.

— Buvez ça.

Clara obéit. Bientôt, elle s'endort.

Lucas descend à la cave avec sa lampe de poche. Dans un coin il y a un petit tas de charbon, et des sacs sont alignés autour des murs. Certains sacs sont ouverts, d'autres sont attachés avec des ficelles. Lucas regarde dans un des sacs, il est rempli de pommes de terre. Il détache la ficelle d'un autre sac, là ce sont des briquettes de charbon. Il renverse le sac sur le sol, quatre ou cinq briquettes et une vingtaine de livres en tombent. Lucas choisit un livre et remet les autres dans le sac. Il remonte avec le livre et le seau de charbon.

Assis à côté du lit de Clara, il lit.

Le matin, Clara demande :

— Vous êtes resté ici toute la nuit ?

— Oui. J'ai très bien dormi.

Il prépare du thé, il donne ses cachets à Clara, il refait du feu. Clara prend sa température, elle a encore de la fièvre.

Lucas dit :

— Restez au lit. Je reviendrai vers midi. Qu'avez-vous envie de manger ?

Elle dit :

— Je n'ai pas faim. Mais puis-je vous demander de passer au bureau communal pour annoncer ma maladie ?

— Je le ferai. Ne vous inquiétez pas.

Lucas passe au bureau communal, puis il rentre chez lui, tue une poule et la fait bouillir avec des légumes. A midi, il apporte du bouillon à Clara. Elle en boit un peu.

Lucas lui dit :

— Je suis descendu à la cave hier soir pour le charbon. J'ai vu les livres. C'est dans votre cabas que vous les transportez, n'est-ce pas ?

Elle dit :

— Oui. Je ne peux accepter qu'« ils » les détruisent tous.

— Vous me permettez de les lire ?

— Lisez tout ce que vous voulez. Mais soyez prudent. Je risque la déportation.

— Je le sais.

Vers la fin de l'après-midi, Lucas rentre chez lui. Au jardin, il n'y a rien à faire à cette époque de l'année. Lucas s'occupe des animaux, puis écoute des disques dans sa chambre. L'enfant frappe à la porte, il le laisse entrer.

L'enfant s'installe sur le grand lit, il demande :

— Pourquoi Yasmine pleure-t-elle ?

— Elle pleure ?

— Oui. Presque tout le temps. Pourquoi ?

— Elle ne te dit pas pourquoi ?

— J'ai peur de le lui demander.

Lucas se détourne pour changer le disque :

— Elle pleure sans doute à cause de son père qui est en prison.

— C'est quoi, la prison ?

— C'est une grande maison avec des barreaux aux fenêtres. On y enferme les gens.

— Pourquoi ?

— Pour toutes sortes de raisons. On prétend qu'ils sont dangereux. Mon père à moi a aussi été enfermé.

L'enfant lève ses grands yeux noirs sur Lucas :

— Toi aussi, on pourrait t'enfermer ?

— Oui, moi aussi.

L'enfant renifle, son petit menton tremble :

— Et moi ?

Lucas le prend sur ses genoux, il l'embrasse :

— Non, pas toi. On n'enferme pas les enfants.

— Mais quand je serai grand ?

Lucas dit :

— D'ici-là, les choses auront changé et plus personne ne sera enfermé.

L'enfant se tait un moment, puis demande :

— Ceux qui sont enfermés, ils ne pourront jamais sortir de prison !

Lucas dit :

— Un jour, ils sortiront.

— Le père de Yasmine aussi?

— Oui, bien sûr.

— Et elle ne pleurera plus?

— Non, elle ne pleurera plus.

— Ton père à toi, il sortira aussi?

— Il est déjà sorti.

— Où est-il?

— Il est mort. Il a eu un accident.

— S'il n'était pas sorti, il n'aurait pas eu d'accident.

Lucas dit :

— Je dois m'en aller à présent. Retourne à la cuisine, et ne parle pas de son père à Yasmine. Tu la ferais pleurer encore plus. Sois gentil et obéissant avec elle.

Debout au seuil de la cuisine, Yasmine demande :

— Tu t'en vas, Lucas?

Lucas s'immobilise près de la porte du jardin. Il ne répond pas.

Yasmine dit :

— J'aimerais seulement savoir si je dois de nouveau aller moi-même chez monsieur le curé.

Lucas répond sans se retourner :

— S'il te plaît, Yasmine. Moi, je n'en ai pas le temps.

Lucas passe ses nuits auprès de Clara jusqu'au vendredi.

Le vendredi matin, Clara dit :

— Je vais mieux. Je reprendrai le travail lundi. Vous n'êtes plus obligé de passer vos nuits ici. Vous m'avez consacré beaucoup de votre temps.

— Que voulez-vous dire, Clara?

— Ce soir, j'aimerais être seule.

— « Il » revient! C'est cela?

Elle baisse les yeux sans répondre. Lucas dit :

— Vous ne pouvez pas me faire ça !

Clara regarde Lucas dans les yeux :

— Vous m'avez reproché mon comportement de vieille femme. Vous aviez raison. Je suis encore jeune.

Lucas demande :

— Qui est-ce ? Pourquoi ne vient-il que le vendredi ? Pourquoi ne vous épouse-t-il pas ?

— Il est marié.

Clara pleure. Lucas demande :

— Pourquoi pleurez-vous ? Ce serait plutôt à moi de pleurer.

Le soir, Lucas retourne au bistrot. Après la fermeture, il se promène dans les rues. Il neige. Lucas s'arrête devant la maison de Peter. Les fenêtre sont noires. Lucas sonne, personne ne répond. Lucas sonne de nouveau. Une fenêtre s'ouvre, Peter demande :

— Qu'est-ce que c'est ?

— C'est moi, Lucas.

— Attendez, Lucas. Je viens.

La fenêtre se referme et bientôt la porte s'ouvre. Peter dit :

— Entrez, âme errante.

Peter est en robe de chambre. Lucas dit :

— Je vous ai réveillé. Excusez-moi.

— Cela n'est pas grave. Asseyez-vous.

Lucas s'assied dans un fauteuil en cuir :

— Je n'ai pas envie de rentrer par ce froid. C'est trop loin, et j'ai trop bu. Puis-je dormir chez vous ?

— Naturellement, Lucas. Prenez mon lit. Je prendrai le divan.

— Je préfère le divan. Ainsi je pourrai m'en aller à mon réveil sans vous déranger.

— Comme vous voulez, Lucas. Installez-vous. Je vais chercher une couverture.

Lucas enlève sa veste et ses bottes, il se couche sur le divan. Peter revient avec une épaisse couverture. Il couvre Lucas, lui met des coussins sous la tête, il s'assied à côté de lui sur le divan :

— Qu'est-ce qui ne va pas, Lucas? Est-ce à cause de Yasmine?

Lucas secoue la tête :

— Tout va bien à la maison. J'avais seulement envie de vous voir.

Peter dit :

— Je ne vous crois pas, Lucas.

Lucas prend la main de Peter et la serre sur son bas-ventre. Peter retire sa main, il se lève :

— Non, Lucas. N'entrez pas dans le monde qui est le mien.

Il va dans sa chambre, il ferme la porte.

Lucas attend. Quelques heures plus tard il se lève, il ouvre doucement la porte, s'approche du lit de Peter. Peter dort. Lucas sort de la chambre, referme la porte, chausse ses bottes, prend sa veste, vérifie la présence de ses « armes » dans sa poche et sort de la maison sans bruit. Il va rue de la Gare, il attend en face de la maison de Clara.

Un homme sort de la maison, Lucas le suit, puis le devance sur l'autre trottoir. Pour arriver chez lui l'homme doit passer à côté d'un petit parc. C'est là que Lucas se cache derrière les buissons. Il entortille sa grande écharpe rouge, tricotée par Yasmine, autour de sa tête, et quand l'homme arrive, il se dresse devant lui. Il le reconnaît. C'est un des médecins de l'hôpital qui ont examiné Mathias.

Le médecin dit :

— Qui êtes-vous ? Que voulez-vous ?

Lucas saisit l'homme par le col de son manteau, sort un rasoir de sa poche :

— La prochaine fois que vous retournerez chez elle, je vous trancherai la gorge.

— Vous êtes complètement fou ! Je viens de l'hôpital où j'ai assuré le service de nuit.

— Inutile de mentir. Je ne plaisante pas. Je suis capable de tout. Aujourd'hui ce n'est qu'un avertissement.

De la poche de sa veste, Lucas tire une chaussette remplie de gravier et il en assène un coup sur la tête de l'homme qui tombe inanimé sur le sol verglacé.

Lucas retourne chez Peter, se recouche sur le divan et s'endort. Peter le réveille à sept heures avec du café :

— Je suis déjà venu vous voir. J'ai cru que vous étiez rentré chez vous.

Lucas dit :

— Je n'ai pas bougé d'ici de toute la nuit. C'est important, Peter.

Peter le regarde longuement :

— C'est entendu, Lucas.

Lucas rentre. Yasmine lui dit :

— Un policier est venu. Tu dois te présenter au commissariat. Que se passe-t-il, Lucas ?

Mathias dit :

— Ils vont enfermer Lucas dans la prison. Et plus jamais Lucas ne reviendra.

L'enfant ricane. Yasmine l'attrape par le bras et lui donne une gifle :

— Veux-tu te taire ?

Lucas arrache l'enfant à Yasmine et le prend dans ses bras. Il essuie les larmes qui coulent sur son visage :

— N'aie pas peur, Mathias. On ne va pas m'enfermer.

L'enfant plante ses yeux dans les yeux de Lucas. Il ne pleure plus. Il dit :

— C'est dommage.

Lucas se présente au poste de police. On lui indique le bureau du commissaire. Lucas frappe et entre. Clara et le médecin sont assis en face du policier.

Le commissaire dit :

— Bonjour, Lucas. Asseyez-vous.

Lucas s'assied sur une chaise à côté de l'homme qu'il a assommé il y a quelques heures.

Le commissaire demande :

— Reconnaissez-vous votre agresseur, docteur ?

— Je n'ai pas été agressé, je vous le répète. J'ai glissé sur le verglas.

— Et vous êtes tombé sur le dos. Nos agents vous ont trouvé couché sur le dos. Il est curieux qu'un hématome se trouve sur votre front.

— Je suis vraisemblablement tombé en avant, puis je me suis retourné quand je commençais à reprendre connaissance.

Le commissaire dit :

— C'est cela. Vous prétendez aussi avoir assuré le service de nuit à l'hôpital. Renseignements pris, vous avez quitté l'hôpital à neuf heures du soir, et vous avez passé la nuit chez madame.

Le médecin dit :

— Je ne voulais pas la compromettre.

Le commissaire se tourne vers Lucas :

— Les voisines de madame vous ont vu à plusieurs reprises entrer chez elle.

Lucas dit :

— Depuis un certain temps, je lui fais ses courses. Surtout la semaine dernière quand elle était malade.

— Nous savons que vous n'êtes pas rentré chez vous cette nuit. Où étiez-vous ?

— J'étais trop fatigué pour rentrer. Après la fermeture des bistrots, je suis allé chez un ami et j'ai passé la nuit chez lui. Je l'ai quitté à sept heures et demie.

— Qui est-ce, cet ami ? Un copain de bistrot, je suppose.

— Non. C'est le secrétaire du Parti.

— Vous prétendez avoir passé la nuit chez le secrétaire du Parti ?

— Oui. Il m'a fait du café à sept heures du matin.

Le commissaire sort de la pièce.

Le médecin se tourne vers Lucas, il le regarde longuement. Lucas lui rend son regard. Le médecin regarde Clara, Clara regarde par la fenêtre. Le médecin regarde devant lui, il dit :

— Je n'ai pas porté plainte contre vous, bien que je vous reconnaisse parfaitement. C'est une patrouille de gardes-frontière qui m'a trouvé et emmené ici, comme un vulgaire ivrogne. Tout cela est très ennuyeux pour moi. Je vous prie de garder une discrétion absolue. Je suis un psychiatre de niveau international. J'ai des enfants.

Lucas dit :

— La seule solution, c'est de quitter la ville. C'est une petite ville. Tôt ou tard, tout le monde serait au courant. Même votre femme.

— C'est une menace ?

— Oui.

— Je suis en relégation dans ce trou perdu. Ce n'est pas moi qui décide où je vais.

— Peu importe où. Vous demanderez votre déplacement.

Le commissaire entre avec Peter. Peter regarde Lucas, puis Clara, puis le médecin. Le commissaire dit :

— Votre alibi est confirmé, Lucas.

Il se tourne vers le médecin :

— Je crois, docteur, que nous nous arrêterons là. Vous avez glissé en rentrant de l'hôpital. Et voilà, l'affaire est classée.

Le médecin demande à Peter :

— Puis-je vous voir lundi à votre bureau ? Je désire quitter cette ville.

Peter dit :

— Certainement. Vous pouvez compter sur moi.

Le médecin se lève, il tend la main à Clara :

— Je suis désolé.

Clara détourne la tête, le médecin quitte la pièce :

— Merci, messieurs.

Lucas dit à Clara :

— Je vous raccompagne.

Clara passe devant lui sans répondre.

Lucas et Peter sortent aussi du commissariat. Peter regarde Clara s'éloigner :

— C'était donc à cause d'elle.

Lucas dit :

— Faites tout ce que vous pouvez, Peter, pour le déplacement de cet homme. S'il reste dans notre ville, c'est un homme mort.

Peter dit :

— Je vous crois. Vous êtes assez fou pour cela. Ne vous

inquiétez pas. Il partira. Mais si elle l'aimait, vous rendez-vous compte de ce que vous lui avez fait, à elle?

Lucas dit :

— Elle ne l'aime pas.

Quand Lucas rentre du commissariat, il est déjà presque midi.

L'enfant demande :

— On ne t'a pas enfermé?

Yasmine dit :

— J'espère que ce n'était rien de grave.

Lucas dit :

— Non. Tout va bien. On avait besoin de mon témoignage à propos d'une bagarre.

Yasmine dit :

— Tu devrais aller voir monsieur le curé. Il ne mange plus. J'ai retrouvé intact tout ce que je lui ai apporté hier et avant-hier.

Lucas prend une bouteille de lait de chèvre et il va à la cure. Sur la table de la cuisine, des plats figés. La cuisinière est froide. Lucas traverse une pièce vide et entre sans frapper dans la chambre à coucher. Le curé est dans son lit.

Lucas demande :

— Vous êtes malade?

— Non, j'ai seulement froid. J'ai toujours froid.

— Je vous ai apporté suffisamment de bois. Pourquoi ne chauffez-vous pas?

Le curé dit :

— Il faut économiser. Le bois et tout le reste.

— Vous êtes simplement trop paresseux pour faire du feu.

— Je suis vieux, je n'ai plus de forces.

— Vous n'avez pas de forces parce que vous ne mangez pas.

— Je n'ai pas d'appétit. Depuis que ce n'est plus toi qui apportes les repas, je n'ai pas d'appétit.

Lucas lui tend sa robe de chambre :

— Habillez-vous et venez dans la cuisine.

Il aide le vieillard à enfiler sa robe de chambre, il l'aide à marcher jusqu'à la cuisine, il l'aide à s'asseoir sur le banc, il lui verse une tasse de lait. Le curé boit. Lucas dit :

— Vous ne pouvez plus continuer à vivre seul. Vous êtes trop âgé pour cela.

Le curé pose sa tasse, regarde Lucas :

— Je m'en vais, Lucas. Mes supérieurs m'ont rappelé. Je vais me reposer dans un monastère. Il n'y aura plus de curé dans cette ville. Le curé de la ville voisine viendra une fois par semaine pour célébrer la messe.

— C'est une décision judicieuse. Je suis content pour vous.

— Je regretterai cette ville. J'ai passé quarante-cinq ans ici.

Après un silence, le curé reprend :

— Tu t'es occupé de moi pendant des années comme si tu étais mon fils. J'aimerais te remercier. Mais comment remercier tant d'amour et tant de bonté ?

Lucas dit :

— Ne me remerciez pas. Il n'y a aucun amour et aucune bonté en moi.

— C'est ce que tu crois, Lucas. Je suis convaincu du contraire. Tu as reçu une blessure dont tu n'es pas encore guéri.

Lucas se tait, le curé poursuit :

— J'ai l'impression de t'abandonner dans une période particulièrement difficile de ta vie, mais je serai avec toi par la pensée et je prierai sans cesse pour le salut de ton âme.

Tu t'es engagé sur un mauvais chemin, je me demande parfois jusqu'où tu iras. Ta nature passionnée et tourmentée peut t'entraîner très loin, aux pires extrémités. Mais je garde l'espoir. La miséricorde de Dieu est infinie.

Le curé se lève et prend le visage de Lucas dans ses mains :

— « Et souviens-toi de ton Créateur aux jours de ton adolescence, avant que viennent les mauvais jours, et qu'arrivent les années dont tu diras : Je ne les aime pas... »

Lucas baisse la tête, son front touche la poitrine du vieillard :

— « Et que s'obscurcissent le soleil et la lumière, la lune et les étoiles ; et que reviennent les nuages... » C'est l'Ecclésiaste.

Le maigre corps du vieillard est secoué par un sanglot :

— Oui. Tu l'as reconnu. Tu t'en souviens encore. Dans ton enfance, tu savais par cœur des pages entières de la Bible. As-tu à présent le temps de la lire parfois ?

Lucas se dégage :

— J'ai beaucoup de travail. Et j'ai d'autres livres à lire.

Le curé dit :

— Je comprends. Je comprends aussi que mes sermons t'ennuient. Va-t'en maintenant, et ne reviens plus. Je pars demain par le premier train.

Lucas dit :

— Je vous souhaite un repos paisible, mon père.

Il rentre, il dit à Yasmine :

— Monsieur le curé s'en va demain. Il ne sera plus nécessaire de lui porter à manger.

L'enfant demande :

— Il part parce que tu ne l'aimes plus ? Yasmine et moi, nous partirons aussi, si tu ne nous aimes plus.

Yasmine dit :

— Tais-toi, Mathias !

L'enfant crie.

— C'est elle qui l'a dit ! Mais tu nous aimes, n'est-ce pas, Lucas ?

Lucas le prend dans ses bras :

— Naturellement, Mathias.

Chez Clara le feu brûle dans le fourneau du salon. La porte de la chambre à coucher est entrouverte.

Lucas entre dans la chambre. Clara est couchée, un livre dans les mains. Elle regarde Lucas, ferme le livre, le pose sur la table de chevet.

Lucas dit :

— Pardon, Clara.

Clara repousse le duvet qui la couvre. Elle est nue. Elle continue à fixer Lucas :

— C'est ce que vous vouliez, non !

— Je ne sais pas. Je ne sais vraiment pas, Clara.

Clara éteint la lampe de chevet :

— Qu'est-ce que vous attendez ?

Lucas allume la lampe du bureau, il la dirige sur le lit. Clara ferme les yeux.

Lucas s'agenouille au pied du lit, écarte les jambes de Clara, puis les lèvres de la vulve. Un mince filet de sang y coule. Lucas se penche, il lèche, boit le sang. Clara gémit, ses mains s'accrochent aux cheveux de Lucas.

Lucas se déshabille, il se couche sur Clara, il entre en elle, il hurle. Plus tard Lucas se lève, ouvre la fenêtre. Dehors, il neige. Lucas retourne dans le lit, Clara le prend dans ses bras. Lucas tremble. Elle dit :

— Apaise-toi.

Elle caresse les cheveux, le visage de Lucas. Il demande :

— Vous ne m'en voulez pas pour l'autre ?

— Non. Il valait mieux qu'il s'en aille.

Lucas dit :

— Je savais que vous ne l'aimiez pas. Vous étiez si malheureuse la semaine passée quand vous êtes venue au bistrot.

Clara dit :

— Je l'ai connu à l'hôpital. C'est lui qui m'a soignée quand j'ai eu une nouvelle dépression pendant l'été. La quatrième depuis la mort de Thomas.

— Vous rêvez souvent de Thomas ?

— Toutes les nuits. Mais seulement de son exécution. De Thomas heureux, vivant, jamais.

Lucas dit :

— Moi, je vois mon frère partout. Dans ma chambre, dans le jardin, marchant à côté de moi dans la rue. Il me parle.

— Que dit-il ?

— Il dit qu'il vit dans une solitude mortelle.

Lucas s'endort dans les bras de Clara. Au plus profond de la nuit, une nouvelle fois, il entre en elle, doucement, lentement, comme dans un rêve.

Désormais Lucas passe toutes ses nuits chez Clara.

L'hiver est très froid cette année. Durant cinq mois on ne voit plus le soleil. Un brouillard glacial stagne sur la ville déserte, le sol est gelé, la rivière aussi.

Dans la cuisine de la maison de grand-mère, le feu brûle sans interruption. Le bois de chauffage s'épuise rapidement. Chaque après-midi, Lucas va dans la forêt pour chercher du bois qu'il met à sécher à côté de la cuisinière.

La porte de la cuisine est entrouverte pour chauffer la

chambre de Yasmine et de l'enfant. La chambre de Lucas n'est pas chauffée.

Quand Yasmine coud ou tricote dans la chambre, Lucas s'assied avec l'enfant sur le grand tapis confectionné par Yasmine qui couvre le sol de la cuisine, et ils jouent ensemble avec le chien et le chat. Ils regardent des livres d'images, ils dessinent. Sur un boulier, Lucas apprend à compter à Mathias.

Yasmine prépare le repas du soir. Ils sont assis tous les trois sur le banc d'angle de la cuisine. Ils mangent des pommes de terre, des haricots secs, ou du chou. L'enfant n'aime pas ces repas, il mange peu. Lucas lui fait des tartines de confiture.

Après le repas, Yasmine fait la vaisselle, Lucas emporte l'enfant dans la chambre, il le déshabille, il le couche, il lui raconte une histoire. Quand l'enfant s'endort, Lucas s'en va chez Clara, à l'autre bout de la ville.

4

Les marronniers sont en fleur rue de la Gare. Leurs pétales blancs recouvrent le sol d'une couche si épaisse que Lucas n'entend même pas le bruit de ses pas. Il rentre de chez Clara, tard dans la nuit.

L'enfant est assis sur le banc d'angle de la cuisine. Lucas dit :

— Il n'est que cinq heures. Pourquoi te lèves-tu si tôt ?

L'enfant demande :

— Où est Yasmine ?

— Elle est partie pour la grande ville. Elle s'ennuyait ici.

Les yeux noirs de l'enfant s'écarquillent :

— Partie ? Sans moi ?

Lucas se détourne, il allume le feu dans la cuisinière. L'enfant demande :

— Reviendra-t-elle ?

— Non, je ne le crois pas.

Lucas verse du lait de chèvre dans une casserole qu'il met à chauffer.

L'enfant demande :

— Pourquoi ne m'a-t-elle pas pris avec elle ? Elle m'avait promis de me prendre avec elle.

Lucas dit :

— Elle a pensé que tu serais mieux ici avec moi, et je le pense aussi.

L'enfant dit :

— Je ne suis pas mieux ici avec toi. Je serais mieux n'importe où avec elle.

Lucas dit :

— Une grande ville n'est pas amusante pour un enfant. Il n'y a pas de jardin ni d'animaux.

L'enfant dit :

— Mais il y a ma mère.

Il regarde par la fenêtre. Quand il se retourne, son petit visage est déformé par la douleur :

— Elle ne m'aime pas parce que je suis infirme. C'est pour cela qu'elle m'a laissé ici.

— Ce n'est pas vrai, Mathias. Elle t'aime de tout son cœur. Tu le sais bien.

— Alors, elle reviendra me chercher.

L'enfant repousse sa tasse, son assiette, et sort de la cuisine. Lucas va arroser le jardin. Le soleil se lève.

Le chien dort sous un arbre, l'enfant s'en approche, un bâton dans la main. Lucas regarde l'enfant. L'enfant lève le bâton et frappe le chien. Le chien s'enfuit en gémissant. L'enfant regarde Lucas :

— Je n'aime pas les animaux. Je n'aime pas les jardins non plus.

Avec son bâton, l'enfant frappe les salades, les tomates, les courges, les haricots, les fleurs. Lucas le regarde faire sans rien dire.

L'enfant retourne dans la maison, il se couche dans le lit de Yasmine. Lucas le rejoint, il s'assied au bord du lit :

— Tu es donc si malheureux de rester avec moi ? Pourquoi ?

Les yeux de l'enfant fixent le plafond :

— Parce que je te hais.

— Tu me hais?

— Oui, je te hais depuis toujours.

— Je ne le savais pas. Peux-tu me dire pourquoi?

— Parce que tu es grand et beau, et parce que je croyais que Yasmine t'aimait. Mais si elle est partie, c'est qu'elle ne t'aimait pas, toi non plus. J'espère que tu es aussi malheureux que moi.

Lucas se prend la tête dans les mains. L'enfant demande :

— Tu pleures?

— Non, je ne pleure pas.

— Mais tu es triste à cause de Yasmine?

— Non, pas à cause de Yasmine. Je suis triste à cause de toi, à cause de ton chagrin.

— C'est vrai? A cause de moi? C'est bien fait.

Il sourit :

— Pourtant, je ne suis qu'un petit infirme, et Yasmine, elle est belle.

Après un silence, l'enfant demande :

— Ta mère à toi, où est-elle?

— Elle est morte.

— Elle était trop vieille, c'est pour ça qu'elle est morte?

— Non. Elle est morte à cause de la guerre. Un obus l'a tuée, elle et son bébé qui était ma petite sœur.

— Où sont-elles maintenant?

— Les morts sont nulle part et partout.

L'enfant dit :

— Elles sont dans le galetas. Je les ai vues. La grande chose en os et la petite chose en os.

Lucas demande à voix basse :

— Tu es monté dans le galetas? Comment as-tu fait?

— J'ai grimpé. C'est facile. Je te montrerai comment.

Lucas se tait. L'enfant dit :

— N'aie pas peur, je ne le dirai à personne. Je ne veux pas qu'on nous les prenne. Je les aime.

— Tu les aimes ?

— Oui. Surtout le bébé. Il est plus laid et plus petit que moi. Et il ne grandira jamais. Je ne savais pas que c'était une fille. On ne peut pas savoir quand c'est fait seulement d'os, ces choses.

— Ces choses s'appellent des squelettes.

— Oui. Squelettes. J'en ai vu aussi dans le grand livre qui est tout en haut sur ta bibliothèque.

Lucas et l'enfant sont dans le jardin. De la porte du galetas, une corde descend jusqu'à la hauteur exacte du bras tendu de Lucas. Il dit à l'enfant :

— Montre-moi comment tu montes.

L'enfant tire le banc du jardin placé un peu plus loin, sous la fenêtre de la chambre de Lucas. Il grimpe sur le banc, il saute, attrape la corde, ralentit le balancement en appuyant ses pieds contre le mur et, à l'aide de ses bras et de ses jambes, il se hisse jusqu'à la porte du galetas. Lucas le suit. Ils s'asseyent sur la paillasse, ils regardent les squelettes accrochés à une poutre.

L'enfant demande :

— Le squelette de ton frère, tu ne l'as pas gardé ?

— Qui t'a dit que j'avais un frère ?

— Personne. Je t'ai entendu lui parler. Tu lui parles, et il est nulle part et partout, donc il est mort lui aussi.

Lucas dit :

— Non, il n'est pas mort. Il est parti dans un autre pays. Il reviendra.

— Comme Yasmine. Elle aussi reviendra.

— Oui, c'est la même chose pour mon frère et pour ta mère.

L'enfant dit :

— C'est la seule différence entre les morts et ceux qui sont partis, n'est-ce pas ? Ceux qui ne sont pas morts reviendront.

Lucas dit :

— Mais comment savoir s'ils ne sont pas morts pendant leur absence ?

— On ne peut pas savoir.

L'enfant se tait un moment, puis demande :

— Qu'est-ce que ça t'a fait quand ton frère est parti ?

— Je ne savais pas comment continuer à vivre sans lui.

— Et maintenant, tu le sais ?

— Oui. Depuis que tu es arrivé ici, je le sais.

L'enfant ouvre le coffre :

— Les grands cahiers, dans le coffre, c'est quoi ?

Lucas referme le coffre :

— Ce n'est rien. Seigneur ! Heureusement, tu ne sais pas encore lire.

L'enfant rit :

— Tu te trompes. Quand c'est imprimé, je sais déjà lire. Regarde.

Il rouvre le coffre et en sort la vieille Bible de grand-mère. Il lit des mots, des phrases entières.

Lucas demande :

— Où as-tu appris à lire ?

— Dans les livres, naturellement. Dans les miens et dans les tiens.

— Avec Yasmine ?

— Non, tout seul. Yasmine n'aime pas lire. Elle a dit que je n'irai jamais à l'école. Mais j'irai bientôt, n'est-ce pas, Lucas ?

Lucas dit :

— Je pourrai t'apprendre tout ce qu'il faut savoir.

L'enfant dit :

— L'école est obligatoire dès l'âge de six ans.

— Pas pour toi. On peut obtenir une dispense.

— A cause de mon infirmité, n'est-ce pas ? Je n'en veux pas, de ta dispense. Je veux aller à l'école comme les autres enfants.

Lucas dit :

— Si tu le veux, tu iras. Mais pourquoi le veux-tu ?

— Parce que je sais qu'à l'école je serai le plus fort, le plus intelligent.

Lucas rit :

— Et le plus vaniteux aussi, sans doute. Moi, j'ai toujours détesté l'école. J'ai fait semblant d'être sourd pour ne pas être obligé d'y aller.

— Tu as fait ça ?

— Oui. Écoute, Mathias. Tu peux monter ici quand tu veux. Tu peux aussi aller dans ma chambre, même quand je ne suis pas là. Tu peux lire la Bible, le dictionnaire, l'encyclopédie entière si cela te plaît. Mais les cahiers, tu ne les liras pas, fils du diable.

Il ajoute :

— Grand-mère nous appelait ainsi: « fils du diable ».

— Qui « vous » ? Toi et qui d'autre ? Toi et ton frère ?

— Oui. Mon frère et moi.

Ils redescendent du galetas, ils vont à la cuisine. Lucas prépare le repas. L'enfant demande :

— Qui fera la vaisselle, la lessive, les habits?

— Nous deux. Ensemble. Toi et moi.

Ils mangent. Lucas se penche par la fenêtre, il vomit. Il se retourne, le visage en sueur, il perd connaissance et tombe sur le sol de la cuisine.

L'enfant crie :

— Ne fais pas ça, Lucas, ne fais pas ça!

Lucas ouvre les yeux :

— Ne crie pas, Mathias. Aide-moi à me relever.

L'enfant le tire par le bras, Lucas se cramponne à la table. Titubant, il sort de la cuisine, il s'assied sur le banc du jardin. L'enfant, debout devant lui, le regarde :

— Qu'y a-t-il, Lucas? Tu étais mort pendant un moment!

— Non, j'ai juste eu un malaise à cause de la chaleur.

L'enfant demande :

— Cela ne fait rien qu'elle soit partie, n'est-ce pas? Cela n'est pas si grave, dis? Tu ne vas pas mourir à cause de ça?

Lucas ne répond pas, l'enfant s'assied à ses pieds, enlace ses jambes, pose sa tête aux cheveux noirs et frisés sur les genoux de Lucas :

— Je serai peut-être ton fils plus tard.

Quand l'enfant s'endort, Lucas remonte dans le galetas. Il prend les cahiers dans le coffre, il les emballe dans une toile de jute et s'en va en ville.

Il sonne chez Peter.

— J'aimerais que vous gardiez ceci pour moi, Peter.

Il pose le paquet sur la table du salon.

Peter demande :

— Qu'est-ce que c'est?

Lucas écarte la toile :

— Des cahiers d'écolier.

Peter hoche la tête :

— C'est ce que m'avait dit Victor. Vous écrivez. Vous achetez énormément de papier et de crayons. Depuis des années, des crayons, des feuilles quadrillées et de grands cahiers d'écolier. Vous écrivez un livre ?

— Non, pas un livre. Je prends simplement des notes.

Peter soupèse les cahiers :

— Des notes ! Une demi-douzaine de cahiers épais.

— Avec les années, ça s'accumule. Pourtant j'en élimine beaucoup. Je ne garde que ce qui est absolument nécessaire.

Peter demande :

— Pourquoi voulez-vous les cacher ? A cause de la police ?

— De la police ? Quelle idée ! A cause de l'enfant. Il commence à savoir lire et il fouille partout. Je ne tiens pas à ce qu'il lise ces cahiers.

Peter sourit :

— Et la mère de l'enfant ne doit pas les lire non plus, n'est-ce pas ?

Lucas dit :

— Yasmine n'est plus chez moi. Elle est partie. La grande ville, c'était son rêve depuis toujours. Je lui ai donné de l'argent.

— Et elle vous a laissé son enfant ?

— L'enfant, je tenais à le garder.

Peter allume une cigarette, regarde Lucas sans rien dire.

Lucas demande :

— Pouvez-vous, oui ou non, garder ces cahiers chez vous ?

— Naturellement, je le peux.

Peter recouvre les cahiers, les emporte dans sa chambre. Quand il revient, il dit :

— Je les ai cachés sous mon lit. Je leur trouverai une meilleure cachette demain.

Lucas dit :

— Merci, Peter.

Peter rit :

— Ne me remerciez pas. Vos cahiers m'intéressent.

— Vous avez l'intention de les lire ?

— Naturellement. Si vous ne vouliez pas que je les lise, vous n'aviez qu'à les emporter chez Clara.

Lucas se lève :

— Surtout pas ! Clara lit tout ce qui peut être lu. Mais je pourrais les confier à Victor.

— Dans ce cas, je les lirais chez Victor. Il ne peut rien me refuser. D'ailleurs, il va bientôt partir. Il veut retourner dans sa ville natale auprès de sa sœur. Il a l'intention de vendre sa maison et la librairie.

Lucas dit :

— Rendez-moi les cahiers. Je vais les enterrer quelque part dans la forêt.

— Oui, enterrez-les. Ou, mieux encore, brûlez-les. C'est la seule solution pour que personne ne puisse les lire.

Lucas dit :

— Je dois les garder. Pour Claus. Ces cahiers sont destinés à Claus. A lui seul.

Peter allume la radio. Il cherche longtemps avant de trouver une musique douce :

— Rasseyez-vous, Lucas, et dites-moi qui est Claus ?

— Mon frère.

— Je ne savais pas que vous aviez un frère. Vous ne m'en avez jamais parlé. Personne ne m'en a parlé, même pas Victor qui vous connaît depuis votre enfance.

Lucas dit :

— Mon frère vit de l'autre côté de la frontière depuis plusieurs années.

— Comment a-t-il traversé la frontière ? Elle est réputée infranchissable.

— Il l'a traversée, c'est tout.

Après un silence Peter demande :

— Entretenez-vous une correspondance avec lui ?

— Qu'entendez-vous par correspondance ?

— Ce que tout le monde entend par correspondance. Vous écrit-il ? Lui écrivez-vous ?

— Je lui écris tous les jours dans les cahiers. Il doit certainement faire de même.

— Mais vous ne recevez jamais de lettre de lui ?

— Il ne peut pas m'envoyer de lettres de là-bas.

— De nombreuses lettres arrivent de l'autre côté de la frontière. Votre frère ne vous a jamais écrit depuis son départ ? Il ne vous a pas donné son adresse ?

Lucas secoue la tête, il se lève derechef :

— Vous pensez qu'il est mort, n'est-ce pas ? Mais Claus n'est pas mort. Il est vivant et il reviendra.

— Oui, Lucas. Votre frère reviendra. Quant aux cahiers, j'aurais pu vous promettre de ne pas les lire, mais vous ne m'auriez pas cru.

— Vous avez raison, je ne vous aurais pas cru. Je savais que vous ne pourriez pas vous empêcher de les lire. Je le savais en venant ici. Lisez-les donc. Je préfère que ce soit vous plutôt que Clara ou n'importe qui d'autre.

Peter dit :

— C'est encore une chose que je ne comprends pas : vos rapports avec Clara. Elle est beaucoup plus âgée que vous.

— Peu importe l'âge. Je suis son amant. C'est tout ce que vous vouliez savoir ?

— Non, ce n'est pas tout. Cela, je le savais déjà. Mais l'aimez-vous ?

Lucas ouvre la porte :

— Je ne connais pas la signification de ce mot. Personne ne la connaît. Je ne m'attendais pas à ce genre de question de votre part, Peter.

— Pourtant, ce genre de question vous sera posée souvent au cours de votre vie. Et parfois vous serez obligé d'y répondre.

— Et vous, Peter ? Vous serez aussi une fois obligé de répondre à certaines questions. J'ai assisté parfois à vos réunions politiques. Vous faites des discours, la salle vous applaudit. Croyez-vous sincèrement à ce que vous dites ?

— Je suis obligé d'y croire.

— Mais au plus profond de vous-même, qu'en pensez-vous ?

— Je ne pense pas. Je ne puis me permettre un tel luxe. La peur est en moi depuis l'enfance.

Clara est debout devant la fenêtre, elle regarde le jardin plongé dans la nuit. Elle ne se retourne pas quand Lucas entre dans la chambre. Elle dit :

— L'été est effrayant. C'est en été que la mort est le plus proche. Tout se dessèche, s'étouffe, s'immobilise. Il y a déjà quatre ans qu'*ils* ont tué Thomas. Au mois d'août, très tôt le matin, à l'aube. *Ils* l'ont pendu. Ce qui est inquiétant, c'est qu'*ils* recommencent chaque été. A l'aube, quand vous rentrez chez vous, je vais à la fenêtre et je *les* vois. *Ils* recommencent, pourtant on ne peut pas tuer la même personne plusieurs fois.

Lucas embrasse Clara dans la nuque :

— Qu'avez-vous, Clara ? Qu'avez-vous aujourd'hui ?

— Aujourd'hui, j'ai reçu une lettre. Une lettre officielle. Elle est là, sur mon bureau, vous pouvez la lire. Elle m'annonce la réhabilitation de Thomas, son innocence. Je n'ai jamais douté de son innocence. *Ils* m'écrivent : « Votre mari était innocent, nous l'avons tué par erreur. Nous avons tué plusieurs personnes innocentes par erreur, mais à présent, tout rentre dans l'ordre, nous nous excusons et nous promettons que des erreurs semblables ne se produiront plus. » *Ils* assassinent et *ils* réhabilitent. *Ils* s'excusent, mais Thomas est mort ! Peuvent-*ils* le ressusciter ? Peuvent-*ils* effacer cette nuit où mes cheveux sont devenus blancs, où je suis devenue folle ?

« Cette nuit d'été, j'étais seule dans notre appartement, notre appartement à nous, à Thomas et à moi. J'y étais seule depuis de nombreux mois. Dès qu'on avait emprisonné Thomas, plus personne ne voulait, ne pouvait, n'osait me rendre visite. J'étais déjà habituée à être seule, cela n'avait rien d'inhabituel que je sois seule. Je n'ai pas dormi, mais cela n'était pas inhabituel non plus. Ce qui était inhabituel, c'est que je n'ai pas pleuré cette nuit-là. La veille au soir, la radio a annoncé l'exécution de plusieurs personnes pour haute trahison. Parmi ces noms, j'ai clairement entendu le nom de Thomas. A trois heures du matin, l'heure des exécutions, j'ai regardé la pendule. Je l'ai regardée jusqu'à sept heures, puis je suis allée à mon travail, dans une grande bibliothèque de la capitale. Je me suis assise à mon bureau, j'étais préposée à la salle de lecture. Mes collègues, l'une après l'autre, se sont approchées, je les entendais chuchoter : "Elle est venue !" "Vous avez vu ses cheveux ?" Je suis sortie de la bibliothèque, j'ai marché jusqu'au soir dans les rues, je me suis perdue, je ne savais plus du tout dans quel quartier de la ville j'étais, pourtant je connaissais très bien cette ville. Je suis rentrée en taxi. A trois heures du matin, j'ai regardé par la fenêtre, et je *les* ai vus : *ils* pendaient Thomas sur la façade de l'immeuble en face. J'ai hurlé. Des voisins sont venus. Une ambulance m'a emmenée à l'hôpital. Et maintenant, *ils* disent que ce n'était qu'une erreur. L'assassinat de Thomas, ma maladie, les mois d'hôpital, mes cheveux blancs n'étaient qu'une erreur. Alors qu'*ils* me rendent Thomas, vivant, souriant. Le Thomas qui me prenait dans ses bras, qui me caressait les cheveux, qui tenait mon visage dans ses mains chaudes, qui m'embrassait les yeux, les oreilles, la bouche.

Lucas prend Clara par les épaules, il la tourne vers lui :

— Quand cesserez-vous de me parler de Thomas ?

— Jamais. Jamais je ne cesserai de parler de Thomas. Et vous ? Quand commencerez-vous à me parler de Yasmine ?

Lucas dit :

— Il n'y a rien à en dire. Surtout maintenant qu'elle n'est plus là.

Clara frappe et griffe le visage, le cou, les épaules de Lucas. Elle crie :

— Elle n'est plus là ? Où est-elle ? Qu'en avez-vous fait ?

Lucas entraîne Clara sur le lit, il se couche sur elle :

— Calmez-vous. Yasmine est partie pour la grande ville. C'est tout.

Clara serre Lucas dans ses bras :

— *Ils* vont me séparer de toi comme *ils* m'ont séparée de Thomas. *Ils* vont t'emprisonner, te pendre.

— Non, tout cela est fini. Oubliez Thomas, la prison et la corde.

A l'aube, Lucas se lève :

— Il faut que je rentre. L'enfant se réveille tôt.

— Yasmine a laissé son enfant ici?

— C'est un enfant infirme. Qu'en aurait-elle fait dans une grande ville?

Clara répète :

— Comment a-t-elle pu le laisser?

Lucas dit :

— Elle voulait le prendre. Je le lui ai interdit.

— Interdit? De quel droit? C'est son enfant à elle. Il lui appartient.

Clara regarde Lucas se rhabiller. Elle dit :

— Yasmine est partie parce que vous ne l'aimiez pas.

— Je l'ai aidée quand elle était en difficulté. Je ne lui ai rien promis.

— A moi non plus, vous ne m'avez rien promis.

Lucas rentre pour préparer le petit déjeuner de Mathias.

Lucas entre dans la librairie, Victor lui demande :

— Vous avez besoin de papier ou de crayons, Lucas?

— Non. J'aimerais vous parler. Peter m'a dit que vous vouliez vendre la maison.

Victor soupire :

— A notre époque, personne ne possède suffisamment d'argent pour acheter une maison avec un magasin.

Lucas dit :

— Moi, j'aimerais vous l'acheter.

— Vous, Lucas? Et avec quoi, mon petit?

— En vendant la maison de grand-mère. L'armée m'en offre un bon prix.

— Je crains que cela ne soit pas suffisant, Lucas.

— Une grande surface de terrain m'appartient aussi. Et d'autres choses encore. Des choses de grande valeur que j'ai héritées de grand-mère.

Victor dit :

— Venez me voir ce soir dans l'appartement. Je laisserai la porte d'entrée ouverte.

Le soir, Lucas monte le petit escalier obscur qui mène à l'appartement au-dessus de la librairie. Il frappe à une porte sous laquelle filtre un peu de lumière.

Victor crie :

— Entrez, Lucas !

Lucas entre dans une pièce où, malgré la fenêtre ouverte, flotte le lourd nuage de nombreux cigares. Le plafond est souillé d'une crasse brunâtre, les rideaux de tulle sont jaunis. La chambre est encombrée de vieux meubles, de divans, de canapés, de petites tables, de lampes, de bibelots. Les murs sont couverts de tableaux, de gravures, et le sol de tapis usés superposés.

Victor est assis près de la fenêtre devant une table recouverte d'une nappe en peluche rouge. Sur la table, des boîtes de cigares et de cigarettes, des cendriers de toute sorte remplis de mégots voisinent avec des verres et une carafe à moitié remplie d'un liquide jaunâtre.

— Approchez, Lucas. Asseyez-vous et prenez un verre.

Lucas s'assied, Victor lui verse à boire, il vide son propre verre, le remplit à nouveau :

— J'aimerais vous offrir une eau-de-vie de meilleure qualité, celle par exemple que ma sœur m'a apportée lors de sa visite, mais, malheureusement, il n'en reste plus. Ma sœur est venue me voir au mois de juillet, il faisait très chaud, vous vous en souvenez. Je n'aime pas la chaleur, je n'aime pas l'été. Un été pluvieux, frais, oui, mais la canicule me rend positivement malade.

« A son arrivée, ma sœur avait apporté un litre d'eau-de-vie d'abricot que l'on boit habituellement chez nous, au pays. Ma sœur pensait sans doute que cette bouteille durerait toute l'année, ou au moins jusqu'à Noël. La vérité est que le premier soir j'avais déjà bu la moitié de la bouteille. Comme j'avais honte, j'ai d'abord caché la bouteille, puis je suis allé acheter une bouteille d'eau-de-vie de médiocre qualité — on n'en trouve pas d'autre dans le commerce — avec laquelle j'ai rempli la bouteille de ma sœur que j'ai exposée à une place bien visible, là, sur la crédence en face de vous.

« Ainsi, tout en buvant tous les soirs en cachette une eau-de-vie d'abricot de mauvaise qualité, j'ai tranquillisé ma sœur en exhibant sa bouteille à elle dont le niveau ne diminuait presque pas. Une ou deux fois, par souci de naturel, je me versais un tout petit verre de cette eau-de-vie que je feignais d'apprécier, alors que sa qualité était déjà altérée.

« J'attendais avec impatience que ma sœur s'en aille. Elle ne me dérangeait pas, au contraire. Elle préparait mes repas, elle reprisait mes chaussettes, raccommodait mes vêtements, nettoyait la cuisine et tout ce qui était sale. Elle m'était donc utile et, de plus, nous bavardions agréablement après la fermeture du magasin en dégustant un bon repas. Elle dormait dans la petite chambre, ici, à côté. Elle se couchait tôt, elle se tenait tranquille. J'avais toute la nuit à moi pour marcher de long en large dans ma chambre et aussi dans la cuisine et dans le corridor.

« Sachez, Lucas, que ma sœur est la personne que j'aime le plus au monde. Notre père et notre mère sont morts quand nous étions jeunes, surtout moi qui n'étais encore qu'un enfant. Ma sœur était un peu plus âgée, de cinq ans plus âgée. Nous vivions chez de vagues parents, oncles et tantes, mais je puis vous assurer que c'est ma sœur qui m'a véritablement élevé.

« Mon amour pour elle n'a pas diminué avec le temps. Vous ne saurez jamais la joie que j'ai éprouvée en la voyant descendre du train. Je ne l'avais pas vue depuis douze ans. Il y avait les années de guerre, la pauvreté, la zone frontière. Quand, par exemple, elle a réussi à économiser un peu d'argent pour le voyage, elle n'a pu obtenir son permis pour la zone, et ainsi de suite. Moi, de mon côté, j'ai toujours très peu d'argent liquide, et je ne peux pas fermer la librairie quand je le veux. De son côté, elle ne peut pas brusquement laisser ses clientes. Elle est couturière, et les femmes, même pendant les années pauvres, ont besoin d'une couturière. Surtout pendant les années pauvres quand elles ne peuvent pas acheter des toilettes neuves. Les femmes ont fait faire des travaux incroyables à ma sœur pendant les années pauvres. Transformer le pantalon de leur mari défunt en jupe courte, leurs chemises en blouse, et pour les vêtements des enfants, n'importe quelle pièce d'étoffe était bonne.

« Quand ma sœur a enfin pu réunir l'argent nécessaire et les papiers et les permissions nécessaires, elle m'a annoncé sa venue par lettre.

Victor se lève, regarde par la fenêtre :

— Il n'est pas encore dix heures n'est-ce pas?

Lucas dit :

— Non, pas encore.

Victor se rassied, verse à boire, allume un cigare :

— J'attendais ma sœur à la gare. C'était la première fois que j'attendais quelqu'un dans cette gare. J'étais décidé à attendre l'arrivée de plusieurs trains s'il le fallait. Ma sœur n'est arrivée que par le dernier train. Elle avait voyagé toute la journée. Bien sûr, je l'ai immédiatement reconnue, mais elle était tellement différente de l'image que je gardais d'elle dans mes souvenirs ! Elle était devenue toute petite. Menue, elle l'a toujours été, mais pas à ce point. Son visage, ingrat il faut bien le dire, était maintenant sillonné par des centaines de minuscules ridules. En un mot, elle avait beaucoup vieilli. Naturellement, je ne lui ai rien dit, j'ai gardé mes observations pour moi, elle par contre s'est mise à pleurer en disant : "Oh, Victor ! Comme tu as changé ! Je ne te reconnais qu'à peine. Tu as grossi, tu as perdu tes cheveux et tu as une allure terriblement négligée."

« J'ai pris ses valises. Elles étaient lourdes, chargées de confitures, de saucissons, d'eau-de-vie d'abricot. Elle a déballé tout ça dans la cuisine. Elle a même apporté des haricots de son jardin. J'ai tout de suite goûté l'eau-de-vie. Pendant qu'elle cuisait les haricots, j'ai bu à peu près le quart de la bouteille. Après la vaisselle, elle est venue me rejoindre dans ma chambre. Les fenêtres étaient grandes ouvertes, il faisait très chaud. Je continuais à boire, j'allais sans cesse à la fenêtre, je fumais des cigares. Ma sœur parlait de ses clientes difficiles, de sa vie solitaire et difficile, je l'écoutais en buvant de l'eau-de-vie, en fumant des cigares.

« La fenêtre d'en face s'est allumée à dix heures. L'homme aux cheveux blancs est apparu. Il mâchonnait quelque chose. Il mange toujours à cette heure-là. A dix heures du soir, il se met à sa fenêtre et il mange. Ma sœur continuait à parler. Je lui ai montré sa chambre, je lui ai dit : "Tu dois être fatiguée. Tu as fait un long voyage. Repose-toi." Elle m'a embrassé sur les deux joues, elle est allée dans la petite chambre à côté, elle s'est couchée et s'est endormie, je suppose. J'ai continué à boire, à marcher de long en large en fumant des cigares. De temps en temps je regardais par la fenêtre, je voyais l'homme aux cheveux blancs appuyé au bord de sa fenêtre. Je l'entendais demander aux rares passants : "Quelle heure est-il ? Pouvez-vous me donner l'heure, s'il vous plaît ?" Quelqu'un dans la rue lui répondit : "Il est onze heures vingt."

« J'ai très mal dormi. La présence silencieuse de ma sœur dans l'autre chambre me dérangeait. Le matin, c'était un dimanche, j'ai encore entendu l'insomniaque demander l'heure et quelqu'un lui répondre : "Il est sept heures moins le quart." Plus tard, quand je me suis levé, ma sœur travaillait déjà à la cuisine, la fenêtre d'en face était fermée.

« Qu'en pensez-vous, Lucas ? Ma sœur que je n'avais pas vue depuis douze ans vient me rendre visite et moi, j'attends avec impatience qu'elle se couche afin de pouvoir observer tranquillement l'insomniaque d'en face car, en vérité, c'est la seule personne qui m'intéresse, bien que j'aime ma sœur par-dessus tout.

« Vous ne dites rien, Lucas, mais je sais ce que vous pensez. Vous pensez que je suis fou, et vous avez raison. Je suis obsédé par ce vieillard qui ouvre sa fenêtre à dix heures du soir et la referme à sept heures du matin. Il passe toute la nuit à sa fenêtre. Après, je ne sais pas ce qu'il fait. Dort-il, ou possède-t-il une autre pièce ou une cuisine où il passe le jour ? Je ne le vois jamais dans la rue, je ne le vois jamais durant la journée, je ne le connais pas et je n'ai jamais posé de questions à quiconque à son sujet. Vous êtes la première personne à qui j'en parle. A quoi pense-t-il toute la nuit, appuyé à sa fenêtre ? Comment le savoir ? Dès minuit, la rue est complètement vide. Il ne peut même pas demander l'heure aux passants. Il ne le peut que vers six, sept heures du matin. A-t-il véritablement besoin de savoir l'heure, est-il possible qu'il ne possède aucune montre ou réveil ? En ce cas, comment fait-il pour apparaître à sa fenêtre à dix heures du soir exactement ? Autant de questions que je me pose à son sujet.

« Un soir, ma sœur était déjà partie, l'insomniaque s'est adressé à moi. J'étais à ma fenêtre, j'observais le ciel pour y déceler les nuages d'orage qu'on nous annonçait depuis plusieurs jours. Le vieil homme m'a parlé de l'autre côté de la rue. Il m'a dit : "On ne voit plus les étoiles. L'orage approche." Je ne lui ai pas répondu. J'ai regardé ailleurs, à gauche, à droite dans la rue. Je ne voulais pas me lier avec lui. Je l'ignorais.

« Je me suis assis dans un coin de ma chambre où il ne pouvait pas me voir. Je me rends compte à présent que si je reste ici, je ne ferai rien d'autre que de boire et de fumer et d'observer l'insomniaque par la fenêtre, puis je deviendrai insomniaque à mon tour.

Victor regarde par la fenêtre et se laisse tomber dans son fauteuil avec un soupir :

— Il est là. Il est là et il m'observe. Il attend l'occasion d'engager la conversation avec moi. Mais je ne me laisserai pas faire, il a beau insister, il n'aura pas le dernier mot.

Lucas dit :

— Calmez-vous, Victor. Ce n'est peut-être qu'un veilleur de nuit à la retraite qui a pris l'habitude de dormir pendant la journée.

Victor dit :

— Un veilleur de nuit ? Peut-être. Peu importe. Si je reste ici, il me détruira. Je suis déjà à moitié fou. Ma sœur s'en est aperçue. Avant de monter dans son train, elle m'a dit : « Je suis trop âgée pour entreprendre encore une fois ce voyage long et fatigant. Nous devrions prendre une décision, Victor, sans cela, j'en ai bien peur, nous ne nous reverrons plus. » J'ai demandé : « Quel genre de décision ? » Elle a dit : « Ton affaire ne marche pas, je m'en suis bien rendu compte. Tu es assis toute la journée au magasin et aucun client ne se présente. La nuit, tu marches en long et en large dans l'appartement, et le matin tu es épuisé. Tu bois trop, tu as bu presque la moitié de l'eau-de-vie que j'ai apportée. Si tu continues comme cela, tu deviendras alcoolique. »

« Je me suis bien gardé de lui dire que pendant son séjour j'avais bu six autres bouteilles d'eau-de-vie en plus des bouteilles de vin que nous ouvrions à chaque repas. Je ne lui ai pas parlé de l'insomniaque non plus, naturellement. Elle a continué : "Tu as mauvaise mine. Tu as les yeux cernés, tu es pâle et presque obèse. Tu manges trop de viande, tu ne bouges pas assez, tu ne sors jamais, tu mènes une vie malsaine." J'ai dit : "Ne t'inquiète pas pour moi. Je me sens très bien." J'ai allumé un cigare. Le train tardait à arriver. Ma sœur a détourné la tête avec dégoût : "Tu fumes trop. Tu fumes sans arrêt."

« Je me suis bien gardé aussi de lui dire que les médecins avaient découvert chez moi, il y a deux ans, une maladie artérielle due au tabagisme. Mon artère iliaque gauche est bouchée, la circulation sanguine ne se fait plus, ou très mal, dans ma jambe gauche, j'ai des douleurs à la hanche et dans le mollet, mon grand orteil du pied gauche est insensible. Les médecins m'ont prescrit des médicaments, mais il n'y aura pas d'amélioration si je ne cesse pas de fumer et si je ne fais pas d'exercice. Or, je n'ai aucune envie de cesser de fumer. D'ailleurs, je manque totalement de volonté. On ne peut pas demander à un alcoolique d'avoir de la volonté. Donc, si je veux arrêter de fumer il faudrait d'abord que j'arrête de boire.

« Il m'arrive de penser que je devrais arrêter de fumer,

et aussitôt, j'allume un cigare ou une cigarette, et je pense tout en fumant que si je n'arrête pas de fumer, ce sera bientôt l'arrêt total de la circulation dans ma jambe gauche, ce qui provoquera la gangrène et la gangrène nécessitera l'amputation du pied ou de toute la jambe.

« Je n'ai rien dit de tout cela pour ne pas inquiéter ma sœur, mais elle était inquiète. En montant dans le train, elle m'a embrassé sur les deux joues et elle m'a dit : "Vends la librairie et viens me rejoindre au pays. Nous vivrons de peu, dans la maison de notre enfance. Nous ferons des promenades dans la forêt, je m'occuperai de tout, tu arrêteras de fumer et de boire et tu pourras écrire ton livre."

« Le train est parti, je suis rentré, je me suis versé un verre d'eau-de-vie, et je me demandais de quel livre elle voulait parler ?

« Ce soir-là j'ai pris un somnifère en plus de mes médicaments habituels pour la circulation, et j'ai bu toute l'eau-de-vie qui restait dans la bouteille de ma sœur, c'est-à-dire à peu près un demi-litre. Malgré le somnifère je me suis réveillé très tôt le lendemain matin, avec dans ma jambe gauche une insensibilité totale. J'étais en nage, mon cœur battait avec violence, mes mains tremblaient, je baignais dans une peur, une angoisse immondes. J'ai regardé l'heure à mon réveil, il était arrêté. Je me suis traîné jusqu'à la fenêtre, le vieillard d'en face était encore là. Je lui ai demandé à travers la rue déserte : "Pouvez-vous me donner l'heure, s'il vous plaît, ma montre s'est arrêtée." Il s'est détourné avant de me répondre comme pour consulter une pendule : "Il est six heures et demie." J'ai voulu m'habiller, mais je l'étais déjà. J'avais dormi avec mes vêtements et avec mes chaussures. Je suis descendu dans la rue, je suis allé devant l'épicerie la plus proche. Elle était encore fermée.

J'attendais en marchant de long en large dans la rue. Le gérant est arrivé, il a ouvert la boutique, il m'a servi. J'ai pris une bouteille d'eau-de-vie de n'importe quoi, je suis rentré, j'ai bu quelques verres, mon angoisse a disparu, l'homme d'en face avait fermé sa fenêtre.

« Je suis descendu à la librairie, je me suis assis au comptoir. Il n'y avait aucun client. C'était encore l'été, les vacances scolaires, personne n'avait besoin de livre ou de quoi que ce soit. Assis là, regardant les livres sur les étagères, je me suis souvenu de mon livre, du livre dont ma sœur avait parlé, de ce livre que je projetais d'écrire dans mon adolescence. Je voulais devenir écrivain, écrire des livres, c'était le rêve de ma jeunesse, nous en avions souvent parlé ensemble ma sœur et moi. Elle croyait en moi, moi aussi je croyais en moi, mais de moins en moins et, finalement, ce rêve d'écrire des livres, je l'avais totalement oublié.

« Je n'ai que cinquante ans. Si j'arrête de fumer et de boire, ou plutôt de boire et de fumer, je pourrai encore écrire un livre. Des livres, non, mais un seul livre, peut-être. Je suis convaincu, Lucas, que tout être humain est né pour écrire un livre, et pour rien d'autre. Un livre génial ou un livre médiocre, peu importe, mais celui qui n'écrira rien est un être perdu, il n'a fait que passer sur la terre sans laisser de trace.

« Si je reste ici, je n'écrirai jamais de livre. Mon seul espoir, c'est de vendre la maison et la librairie et de m'en aller chez ma sœur. Elle m'empêchera de boire et de fumer, nous mènerons une vie saine, elle s'occupera de tout, je n'aurai rien d'autre à faire qu'écrire mon livre, une fois débarrassé de l'alcoolisme et du tabagisme. Vous-même, Lucas, vous écrivez un livre. Sur qui, sur quoi, je l'ignore. Mais vous écrivez. Depuis votre enfance vous ne cessez d'acheter des feuilles de papier, des crayons, des cahiers.

Lucas dit :

— Vous avez raison, Victor. Écrire, c'est ce qu'il y a de plus important. Faites votre prix, j'achète la maison et la librairie. En quelques semaines, nous pouvons conclure l'affaire.

Victor demande :

— Les choses de valeur dont vous m'avez parlé, c'est quoi ?

— Des pièces d'or et d'argent. Et aussi des bijoux.

Victor sourit.

— Voulez-vous visiter la maison ?

— Cela n'est pas nécessaire. Je ferai les transformations qui s'imposent. Ces deux pièces suffiront pour nous deux.

— Vous étiez trois, si je me souviens bien.

— Nous ne sommes plus que deux. La mère de l'enfant est partie.

Lucas dit à l'enfant :

— Nous allons déménager. Nous habiterons en ville, place Principale. J'ai acheté la librairie.

L'enfant dit :

— C'est bien. Je serai plus près de l'école. Mais quand Yasmine reviendra, comment fera-t-elle pour nous trouver ?

— Dans une si petite ville, elle nous retrouvera facilement.

L'enfant demande :

— On n'aura plus d'animaux et plus de jardin ?

— Nous aurons un petit jardin. On gardera le chien et le chat, quelques poules aussi pour les œufs. Les autres animaux, on les vendra à Joseph.

— Où dormirai-je ? Là-bas, il n'y a pas la chambre de grand-mère.

— Tu dormiras dans une petite chambre à côté de la mienne. On sera tout près l'un de l'autre.

— Sans les animaux et sans les produits du jardin, de quoi vivrons-nous ?

— De la librairie. Je vendrai des crayons, des livres, du papier. Tu pourras m'aider.

— Oui, je t'aiderai. Quand déménage-t-on ?

— Demain. Joseph viendra avec son chariot.

Lucas et l'enfant s'installent dans la maison de Victor. Lucas repeint les chambres, elles sont claires et propres. A côté de la cuisine, dans l'ancien réduit, Lucas installe une salle de bains.

L'enfant demande :

— Je peux avoir les squelettes chez moi ?

— C'est impossible. Imagine que quelqu'un entre dans ta chambre.

— Personne n'entrera dans ma chambre. Sauf Yasmine quand elle reviendra.

Lucas dit :

— D'accord. Tu peux avoir les squelettes. On les cachera tout de même derrière un rideau.

Lucas et l'enfant défrichent le jardin négligé par Victor. L'enfant désigne un arbre :

— Regarde cet arbre, Lucas, il est tout noir.

Lucas dit :

— C'est un arbre mort. Il faudra le couper. Les autres arbres perdent aussi leurs feuilles, mais celui-là est mort.

Souvent, au milieu de la nuit, l'enfant se réveille, se précipite dans la chambre de Lucas, dans son lit et, si Lucas n'est pas là, il l'attend pour lui raconter ses cauchemars.

Lucas se couche à côté de l'enfant, il serre contre lui le petit corps maigre jusqu'à ce que cessent les tremblements de l'enfant.

L'enfant raconte ses cauchemars, toujours les mêmes, qui se répètent et hantent régulièrement ses nuits.

Un de ces rêves, c'est le rêve de la rivière. L'enfant, couché à la surface de l'eau, se laisse emporter par les flots en regardant les étoiles. L'enfant est heureux mais, lentement, quelque chose approche, quelque chose qui fait peur, et soudain, cette chose est là, l'enfant ne sait pas ce que c'est, ça explose et crie et hurle et aveugle.

Un autre rêve, c'est le rêve du tigre qui est couché à côté du lit de l'enfant. Le tigre semble dormir, il a l'air doux et gentil et l'enfant a une envie très grande de le caresser. L'enfant a peur, pourtant son envie de caresser le tigre augmente et l'enfant ne peut plus résister à cette envie. Ses doigts touchent les poils soyeux du tigre, et le tigre, d'un coup de patte, lui arrache le bras.

Un autre rêve, c'est le rêve de l'île déserte. L'enfant y joue avec sa brouette. Il la remplit de sable, il transporte le sable ailleurs, vide la brouette, s'en va plus loin, remplit la brouette, la vide de nouveau, ainsi de suite, longtemps, et, brusquement, c'est la nuit, il fait froid, il n'y a personne, nulle part, seules les étoiles brillent dans leur solitude infinie.

Un autre rêve : l'enfant veut rentrer dans la maison de grand-mère, il marche dans les rues, mais il ne reconnaît pas les rues de la ville, il se perd, les rues sont désertes, la maison n'est plus là où elle devrait être, les choses ne sont plus à leur place, Yasmine l'appelle en pleurant et l'enfant ne sait pas quelle rue, quel passage il doit emprunter pour la rejoindre.

Le rêve le plus terrible, c'est le rêve de l'arbre mort, l'arbre noir du jardin. L'enfant regarde l'arbre et l'arbre tend ses branches dénudées vers l'enfant. L'arbre dit : « Je ne suis plus qu'un arbre mort, mais je t'aime tout autant que lorsque j'étais vivant. Viens mon petit, viens dans mes bras. » L'arbre parle avec la voix de Yasmine, l'enfant s'approche, et les branches mortes et noires l'enlacent et l'étranglent.

Lucas coupe l'arbre mort, il le débite, en fait un feu dans le jardin. Quand le feu s'éteint, l'enfant dit :

— Maintenant, elle n'est plus qu'un tas de cendres.

Il va dans sa chambre. Lucas débouche une bouteille d'eau-de-vie. Il boit. La nausée le prend. Il retourne dans le jardin, il vomit. Une fumée blanche s'élève encore des cendres noires, mais de grosses gouttes de pluie commencent à tomber, et l'averse achève le travail du feu.

Plus tard, l'enfant trouve Lucas dans l'herbe mouillée, dans la boue. Il le secoue :

— Lève-toi, Lucas. Il faut rentrer. Il pleut. Il fait nuit. Il fait froid. Peux-tu marcher ?

Lucas dit :

— Laisse-moi ici. Rentre. Demain tout ira bien.

L'enfant s'assied à côté de Lucas, il attend.

Le soleil se lève, Lucas ouvre les yeux :

— Que s'est-il passé, Mathias ?

L'enfant dit :

— Ce n'est qu'un nouveau cauchemar.

5

L'insomniaque continue d'apparaître à sa fenêtre tous les soirs à dix heures. L'enfant est déjà couché, Lucas sort de la maison, l'insomniaque lui demande l'heure, Lucas lui répond, puis il va chez Clara. A l'aube, quand il revient, l'insomniaque lui demande l'heure derechef, Lucas la lui donne, et va se coucher. Quelques heures plus tard, la lumière s'éteint dans la chambre de l'insomniaque et les colombes envahissent sa fenêtre.

Un matin, quand Lucas rentre, l'insomniaque l'appelle :

— Monsieur !

Lucas dit :

— Il est cinq heures.

— Je le sais. L'heure ne m'intéresse pas. C'est juste un moyen d'engager la conversation avec les gens. J'aimerais seulement vous dire que l'enfant a été très agité cette nuit. Il s'est réveillé vers deux heures, il est allé plusieurs fois dans votre chambre, il a longtemps regardé par la fenêtre. Il est même sorti dans la rue, il est allé devant le bistrot, puis il est revenu et il s'est couché, je suppose.

— Il fait cela souvent ?

— Il se réveille souvent, oui. Presque toutes les nuits. Mais c'est la première fois que je le vois sortir de la maison pendant la nuit.

— Pendant la journée non plus, il ne sort pas de la maison.

— Je crois qu'il vous cherchait.

Lucas monte dans l'appartement, l'enfant dort profondément dans son lit. Lucas regarde par la fenêtre, l'insomniaque demande :

— Tout est en ordre ?

— Oui. Il dort. Et vous ? Vous ne dormez donc jamais ?

— Je m'assoupis de temps en temps, mais jamais tout à fait. Il y a huit ans que je ne dors plus.

— Que faites-vous pendant la journée ?

— Je me promène. Quand je me sens fatigué, je vais m'asseoir dans un parc. Je passe le plus clair de mon temps dans un parc. C'est là que je m'endors parfois pour quelques minutes, assis sur un banc. Voulez-vous m'y accompagner une fois ?

Lucas dit :

— Maintenant, si vous voulez.

— Entendu. Je donne à manger à mes colombes et je descends.

Ils marchent dans les rues désertes de la ville endormie dans la direction de la maison de grand-mère. L'insomniaque s'arrête devant quelques mètres carrés d'herbe jaune sur lesquels deux vieux arbres étendent leurs branches dénudées.

— Voilà mon parc. Le seul endroit où je puisse dormir un moment.

Le vieillard s'assied sur le banc unique à côté d'une fontaine tarie, couverte de mousse et de rouille. Lucas dit :

— Il y a de plus beaux parcs dans la ville.

— Pas pour moi.

Il lève sa canne et désigne une belle et grande maison :

— Nous habitions ici autrefois, ma femme et moi.

— Elle est morte ?

— Elle a été assassinée de plusieurs balles de revolver trois ans après la fin de la guerre. Un soir à dix heures.

Lucas s'assied à côté du vieillard :

— Je me souviens d'elle. Nous habitions près de la frontière. En rentrant de la ville nous avions l'habitude de nous arrêter ici pour boire de l'eau et pour nous reposer. Quand votre femme nous voyait par la fenêtre, elle descendait, elle nous apportait de grands morceaux de sucre de pomme de terre. Je n'en ai plus jamais mangé depuis. Je me souviens aussi de son sourire et de son accent, et aussi de son assassinat. Toute la ville en parlait.

— Qu'en disait-on ?

— On disait qu'elle avait été tuée pour qu'on puisse nationaliser les trois fabriques de textiles qui lui appartenaient.

Le vieillard dit :

— Elle a hérité ces fabriques de son père. Moi, j'y travaillais comme ingénieur. Je l'ai épousée et elle est restée ici, elle aimait beaucoup cette ville. Elle a pourtant gardé sa nationalité et « ils » ont été obligés de la tuer. C'était la seule solution. « Ils » l'ont tuée dans notre chambre à coucher. J'ai entendu les coups de feu de la salle de bains. L'assassin est entré et reparti par le balcon. Elle a reçu des balles dans la tête, dans la poitrine, dans le ventre. L'enquête a conclu que c'était un ouvrier rancunier qui avait fait cela par vengeance et qui, par la suite, s'était enfui à l'étranger en traversant la frontière.

Lucas dit :

— La frontière était déjà infranchissable à cette époque, et aucun ouvrier ne possédait de revolver.

L'insomniaque ferme les yeux, il se tait. Lucas demande :

— Savez-vous qui habite maintenant votre maison ?

— C'est plein d'enfants. Notre maison est devenue un

orphelinat. Mais il vous faut rentrer, Lucas. Mathias va bientôt se réveiller et vous devez ouvrir la librairie.

— Vous avez raison. Il est déjà sept heures et demie.

Parfois Lucas retourne dans le parc pour bavarder avec l'insomniaque. Le vieillard parle du passé, de son passé heureux avec sa femme :

— Elle riait tout le temps. Elle était heureuse, insouciante comme un enfant. Elle aimait les fruits, les fleurs, les étoiles, les nuages. Au crépuscule, elle sortait sur le balcon pour regarder le ciel. Elle prétendait que nulle part au monde n'existaient des couchers de soleil aussi merveilleux que dans cette ville, nulle part ailleurs les couleurs du ciel n'étaient aussi éclatantes et aussi belles.

L'homme ferme ses yeux cernés, brûlés par l'insomnie. Il reprend d'une voix altérée :

— Après son assassinat, des fonctionnaires ont réquisitionné la maison et tout ce qu'elle contenait : les meubles, la vaisselle, les livres, les bijoux et les robes de ma femme. Ils ne m'ont permis d'emporter qu'une valise avec une partie de mes vêtements. Ils m'ont conseillé de quitter la ville. J'ai perdu mon emploi à l'usine, je n'avais plus de travail, plus de maison, et plus d'argent.

« Je suis allé chez un ami, un médecin, celui-là même que j'avais appelé le soir de l'assassinat. Il m'a donné de l'argent pour le train. Il m'a dit : "Ne reviens jamais dans cette ville. C'est un miracle qu'on t'ait laissé vivant."

« J'ai pris le train, je suis arrivé dans la ville voisine. Je me suis assis dans la salle d'attente de la gare. Il me restait encore un peu d'argent pour aller plus loin, jusqu'à la capitale peut-être. Mais je n'avais rien à faire dans la capitale, ni dans aucune autre ville. J'ai acheté un billet au guichet et je suis revenu ici. J'ai frappé à la porte d'une modeste maison en face de la librairie. Je connaissais tous les ouvriers et ouvrières de nos fabriques. Je connaissais la femme qui m'a ouvert la porte. Elle ne m'a rien demandé, elle m'a dit d'entrer, elle m'a conduit dans une chambre : "Vous pouvez rester ici aussi longtemps que vous voudrez, monsieur."

« C'est une femme âgé, elle a perdu son mari, ses deux fils et sa fille au cours de la guerre. Sa fille n'avait que dix-sept ans. Elle est morte sur le front où elle s'était engagée comme infirmière après un accident terrible qui l'avait défigurée. Ma logeuse n'en parle jamais, de façon générale, elle ne parle presque plus. Elle me laisse tranquille dans la chambre qui donne sur la rue, elle-même occupe une autre chambre, plus petite, qui donne sur le jardin. La cuisine donne aussi sur le jardin. Je peux y aller quand je veux et il y a toujours quelque chose au chaud sur la cuisinière. Chaque matin, je trouve mes chaussures cirées, mes chemises lavées et repassées, posées sur le dos d'une chaise devant ma porte, dans le corridor. Ma logeuse n'entre jamais dans ma chambre et je ne la rencontre que rarement. Nos heures ne sont pas les mêmes. Je ne sais pas de quoi elle vit. De sa rente de veuve de guerre et de son potager, je suppose.

« Quelques mois après mon installation chez elle, je suis allé au bureau communal et je me suis proposé pour n'importe quel travail. Les fonctionnaires m'ont envoyé d'un bureau à l'autre, ils avaient peur de prendre une décision à mon sujet, j'étais quelqu'un de suspect à cause de mon mariage avec une étrangère. Finalement, c'est le secrétaire du Parti, Peter, qui m'a embauché comme homme à tout faire. J'ai été concierge, laveur de carreaux et de carrelage, balayeur de poussière, de feuilles mortes et de neige. Grâce à Peter, j'ai droit à présent à la retraite et à la pension comme tout le monde. Je ne suis pas devenu un mendiant et je peux finir ma vie dans cette ville où je suis né, où j'ai toujours vécu.

« Ma première paye, je l'ai posée sur la table de la cuisine le soir. C'était une somme dérisoire mais, pour ma logeuse, c'était beaucoup d'argent, beaucoup trop d'après elle. Elle en a laissé la moitié sur la table, et nous avons continué ainsi : moi, déposant ma petite pension à côté de son assiette chaque mois ; elle, remettant la moitié exacte de la somme à côté de la mienne.

Une femme, enveloppée dans un grand châle, sort de l'orphelinat. Elle est maigre et pâle, dans son visage osseux brillent des yeux immenses. Elle s'arrête devant le banc, regarde Lucas, sourit, et dit au vieillard :

— Je vois que vous avez trouvé un ami.

— Oui, un ami. Je vous présente Lucas, Judith. Il tient la librairie place Principale. Judith est la directrice de l'orphelinat.

Lucas se lève, Judith lui serre la main :

— Je devrais acheter des livres pour mes enfants, mais je suis débordée de travail et mon budget est très serré.

Lucas dit :

— Je peux vous envoyer des livres par Mathias. Quel âge ont vos enfants ?

— De cinq à dix ans. Qui est Mathias ?

Le vieillard dit :

— Lucas aussi s'occupe d'un orphelin.

Lucas dit :

— Mathias n'est pas un orphelin. Sa mère est partie. Il est à moi maintenant.

Judith sourit :

— Mes enfants non plus ne sont pas tous des orphelins. Pour la plupart, nés de père inconnu, ils ont été abandonnés par leurs mères violées ou prostituées.

Elle s'assied à côté du vieillard, penche la tête sur son épaule, ferme les yeux :

— Il faudra bientôt chauffer, Michael. Si le temps ne change pas, on commencera à chauffer lundi.

Le vieillard la serre contre lui :

— Entendu, Judith. Je serai là à cinq heures lundi matin.

Lucas regarde la femme et l'homme, serrés l'un contre l'autre, les yeux fermés, dans le froid humide du matin d'automne, dans le silence total d'une petite ville oubliée. Il fait quelques pas pour s'éloigner sans bruit, mais Judith frissonne, ouvre les yeux, se lève :

— Restez, Lucas. Les enfants vont se réveiller. Il faut que je leur prépare le petit déjeuner.

Elle embrasse le vieillard sur le front :

— A lundi, Michael. A bientôt, Lucas, et merci d'avance pour les livres.

Elle retourne dans la maison, Lucas se rassied :

— Elle est très belle.

— Très belle, oui.

L'insomniaque rit :

— Au début, elle se méfiait de moi. Elle me voyait là, assis sur le banc, tous les jours. Elle me prenait peut-être pour un satyre. Un jour, elle est venue s'asseoir à côté de moi et m'a demandé ce que je faisais ici. Je lui ai tout raconté. C'était au début de l'hiver de l'année passée. Elle m'a proposé de l'aider à chauffer les chambres, elle n'y arrivait pas seule, elle n'a qu'une aide de seize ans pour la cuisine. Il n'y a pas de chauffage central dans la maison, ce sont des fourneaux à catelles dans chaque chambre, et il y en a sept. Si vous saviez le bonheur que j'ai éprouvé à pouvoir entrer de nouveau dans notre maison, dans nos chambres ! Et aussi à pouvoir aider Judith. C'est une femme éprouvée. Son mari a disparu pendant la guerre, elle-même a été déportée et elle est allée jusqu'aux portes de l'enfer. Ce n'est pas une image. Un feu véritable brûlait derrière ces portes, un feu allumé par des êtres humains pour y consumer les corps d'autres êtres humains.

Lucas dit :

— Je sais de quoi vous parlez. J'ai vu des choses semblables, de mes propres yeux, dans cette ville même.

— Vous deviez être bien jeune.

— Je n'étais encore qu'un enfant. Mais je n'ai rien oublié.

— Vous oublierez. La vie est ainsi faite. Tout s'efface avec le temps. Les souvenirs s'estompent, la douleur diminue. Je me souviens de ma femme comme on se souvient d'un oiseau, d'une fleur. Elle était le miracle de la vie dans un monde où tout paraissait léger, facile et beau. Au début, je venais ici pour elle, maintenant j'y viens pour Judith, la survivante. Cela peut vous paraître ridicule, Lucas, mais je suis amoureux de Judith. De sa force, de sa bonté, de sa tendresse pour ces enfants qui ne sont pas les siens.

Lucas dit :

— Cela ne me paraît pas du tout ridicule.

— A mon âge?

— L'âge n'est qu'un détail. Seul l'essentiel compte. Vous l'aimez et elle vous aime aussi.

— Elle attend le retour de son mari.

— Beaucoup de femmes attendent ou pleurent leurs maris disparus ou morts. Mais vous venez de dire : « La douleur diminue, les souvenirs s'estompent. »

L'insomniaque lève les yeux sur Lucas :

— Diminuer, s'estomper, je l'ai dit, oui, mais non pas disparaître.

Le matin même, Lucas choisit des livres d'enfant, il les met dans un carton et dit à Mathias :

— Peux-tu apporter ces livres à l'orphelinat qui se trouve à côté du parc sur le chemin de la maison de grand-mère. C'est une grande maison avec un balcon, il y a une fontaine devant.

L'enfant dit :

— Je vois très bien où c'est.

— La directrice s'appelle Judith, tu lui donneras ces livres de ma part.

L'enfant part avec les livres, il revient bientôt. Lucas demande :

— Comment tu les trouves, Judith et les enfants ?

— Je n'ai vu ni Judith ni les enfants. J'ai déposé les livres devant la porte.

— Tu n'y es pas entré ?

— Non. Pourquoi j'y serais entré ? Pour qu'on me garde ?

— Quoi ? Que dis-tu ? Mathias !

L'enfant s'enferme dans sa chambre. Lucas reste à la librairie jusqu'à la fermeture, puis prépare le repas du soir et mange seul. Il prend une douche et il est en train de se rhabiller quand l'enfant sort brusquement de sa chambre.

— Tu t'en vas, Lucas ? Où vas-tu tous les soirs ?

Lucas dit :

— Je vais travailler, tu le sais bien.

L'enfant se couche sur le lit de Lucas :

— Je t'attendrai ici. Si tu travaillais dans les bistrots, tu serais rentré à la fermeture, à minuit. Mais tu rentres bien plus tard.

Lucas s'assied sur une chaise en face de l'enfant :

— Oui, Mathias, c'est vrai. Je rentre plus tard. J'ai des amis que je vais voir chez eux après la fermeture des bistrots.

— Quels amis ?

— Tu ne les connais pas.

L'enfant dit :

— Toutes les nuits, je suis seul.

— La nuit, tu devrais dormir.

— Je dormirais si je te savais là, dans ta chambre, en train de dormir toi aussi.

Lucas se couche à côté de l'enfant, il l'embrasse :

— Tu croyais réellement que je t'envoyais à l'orphelinat pour qu'on t'y garde ? Comment pouvais-tu croire cela ?

— Je ne le croyais pas vraiment. Pourtant, quand je suis arrivé devant la porte, j'ai eu peur. On ne sait jamais. Yasmine aussi m'avait promis de ne jamais me quitter. Ne m'envoie plus là-bas. Je n'aime pas aller dans la direction de la maison de grand-mère.

Lucas dit :

— Je te comprends.

L'enfant dit :

— Les orphelins, ce sont des enfants qui n'ont pas de parents. Moi, je n'ai pas de parents non plus.

— Si. Tu as ta mère, Yasmine.

— Yasmine est partie. Et mon père ? Où est-il ?

— Ton père, c'est moi.

— Mais l'autre ? Le vrai ?

Lucas se tait un instant avant de répondre :

— Il est mort avant ta naissance, dans un accident, comme le mien.

— Les pères meurent toujours dans un accident. Toi aussi, tu auras bientôt un accident ?

— Non. Je fais très attention.

L'enfant et Lucas travaillent à la librairie. L'enfant prend des livres dans un carton, il les tend à Lucas qui, debout sur une double échelle, les range sur les rayons de la bibliothèque. C'est un matin d'automne pluvieux.

Peter entre dans le magasin. Il porte une pèlerine avec un capuchon, la pluie dégouline sur son visage, sur le sol. De sous sa pèlerine, il sort un paquet emballé dans la toile de jute :

— Tenez, Lucas. Je vous le rapporte. Je ne peux plus le garder. Il n'est plus en sécurité chez moi.

Lucas dit :

— Vous êtes pâle, Peter. Que se passe-t-il ?

— Vous ne lisez donc pas les journaux ? Vous n'écoutez pas la radio ?

— Je ne lis jamais les journaux et je n'écoute que de vieux disques.

Peter se tourne vers l'enfant :

— C'est l'enfant de Yasmine ?

Lucas dit :

— Oui, c'est Mathias. Dis bonjour à Peter, Mathias. C'est un ami.

L'enfant se tait en fixant Peter.

Peter dit :

— Mathias m'a déjà dit bonjour avec ses yeux.

Lucas dit :

— Va donner à manger aux animaux, Mathias.

L'enfant baisse les yeux, il fouille dans le carton des livres :

— Ce n'est pas l'heure de donner à manger aux animaux.

Lucas dit :

— Tu as raison. Reste ici et préviens-moi si un client se présente. Montons, Peter.

Ils montent dans la chambre de Lucas.

Peter dit :

— Il a des yeux merveilleux, cet enfant.

— Oui, les yeux de Yasmine.

Peter tend le paquet à Lucas :

— Il manque des pages dans vos cahiers, Lucas.

— Oui, Peter. Je vous ai déjà dit ; j'y fais des corrections, j'élimine, je supprime tout ce qui n'est pas indispensable.

— Vous corrigez, vous éliminez, vous supprimez. Votre frère Claus n'y comprendra rien.

— Claus comprendra.

— Moi aussi, j'ai compris.

— C'est pour cela que vous me les rendez ? Parce que vous croyez avoir tout compris ?

Peter dit :

— Ce qui se passe n'a rien à voir avec vos cahiers, Lucas. C'est quelque chose de beaucoup plus grave. Une insurrection se prépare dans notre pays. Une contre-révolution. Cela a commencé avec les intellectuels qui écrivaient des choses qu'ils n'auraient pas dû écrire. Cela a continué avec les étudiants. Les étudiants sont toujours prêts à semer le désordre. Ils ont organisé une manifestation qui a dégénéré en émeute contre les forces de l'ordre. Mais où cela est devenu vraiment dangereux, c'est quand des ouvriers et même une fraction de notre armée se sont joints aux étudiants. Hier soir, des militaires ont distribué des armes à des individus irresponsables. Les gens se tirent dessus dans la capitale, et le mouvement est en train de gagner la province et la classe agricole.

Lucas dit :

— Cela représente toutes les couches de la population.

— Sauf une. Celle à laquelle j'appartiens.

— Vous êtes peu nombreux par rapport à ceux qui sont contre vous.

— Certes. Mais nous avons des amis puissants.

Lucas se tait. Peter ouvre la porte :

— Nous ne nous reverrons sans doute plus, Lucas. Quittons-nous sans haine.

Lucas demande :

— Où allez-vous ?

— Les dirigeants du Parti doivent se mettre sous la protection de l'armée étrangère.

Lucas se lève, prend les deux épaules de Peter dans ses mains, il le regarde dans les yeux :

— Dites-moi, Peter ! N'avez-vous pas honte ?

Peter saisit les mains de Lucas et les serre contre son visage. Il ferme les yeux et dit tout bas :

— Si, Lucas. J'ai immensément honte.

Quelques larmes s'échappent de ses yeux fermés. Lucas dit :

— Non. Pas de cela. Reprenez-vous.

Lucas accompagne Peter dans la rue. Il suit du regard la silhouette noire qui s'en va tête baissée, sous la pluie, dans la direction de la gare.

Quand Lucas retourne dans la librairie, l'enfant lui dit :

— Il est beau, le monsieur. Quand reviendra-t-il ?

— Je ne sais pas, Mathias. Peut-être jamais.

Le soir, Lucas va chez Clara. Il entre dans la maison où toutes les lumières sont éteintes. Le lit de Clara est froid et vide. Lucas allume la lampe de chevet. Sur l'oreiller, un mot de Clara :

« Je pars pour venger Thomas. »

Lucas rentre. Il trouve l'enfant dans son lit. Il lui dit :

— J'en ai assez de te trouver tous les soirs dans mon lit. Va dans ta chambre et dors.

Le menton de l'enfant tremble, il renifle :

— J'ai entendu Peter dire que les gens se tiraient dessus dans la capitale. Tu crois que Yasmine est en danger ?

— Yasmine n'est pas en danger, ne t'inquiète pas.

— Tu as dit que Peter ne reviendrait peut-être jamais. Tu penses qu'il va mourir ?

— Non, je ne le pense pas. Mais Clara, certainement.

— Qui est Clara ?

— Une amie. Va dans ton lit, Mathias, et dors. Je suis très fatigué.

Dans la petite ville, il ne se passe presque rien. Les drapeaux étrangers disparaissent des édifices publics, les effigies des dirigeants aussi. Un cortège traverse la ville avec d'anciens drapeaux du pays en chantant l'ancien hymne national et d'autres vieux chants qui rappellent une autre révolution d'un autre siècle.

Les bistrots sont pleins. Les gens parlent, rient, chantent plus fort que d'habitude.

Lucas écoute la radio continuellement, jusqu'au jour où de la musique classique remplace les informations.

Lucas regarde par la fenêtre. Sur la place Principale stationne un char d'assaut de l'armée étrangère.

Lucas sort de la maison pour acheter un paquet de cigarettes. Tous les magasins, toutes les boutiques sont fermées. Lucas doit aller jusqu'à la gare. Il rencontre d'autres chars d'assaut sur son chemin. Les canons des chars tournent dans sa direction, ils le suivent. Les rues sont désertes, les fenêtres fermées, les volets tirés. Mais la gare et ses alentours sont pleins de soldats du pays, de gardes-frontière, sans armes. Lucas s'adresse à l'un d'eux :

— Que se passe-t-il?

— Je n'en sais rien. Nous sommes démobilisés. Vous vouliez prendre le train? Il n'y a pas de train pour les civils.

— Je ne voulais pas prendre le train. Je suis juste venu pour acheter des cigarettes. Les magasins sont fermés.

Le soldat tend un paquet de cigarettes à Lucas :

— Vous ne pouvez pas entrer dans le bâtiment de la gare. Prenez ce paquet et rentrez chez vous. Il est dangereux de se promener dans la rue.

Lucas rentre. L'enfant est levé, ils écoutent ensemble la radio.

Beaucoup de musique et quelques brefs discours :

« Nous avons gagné la révolution. Le peuple a remporté la victoire. Notre gouvernement a demandé l'aide de notre grand protecteur contre les ennemis du peuple. »

Et aussi :

« Restez calmes. Toute réunion de plus de deux personnes est interdite. La vente d'alcools est interdite. Les restaurants, les cafés doivent rester fermés jusqu'à nouvel ordre. Les déplacements individuels par train ou par autocar sont interdits. Respectez le couvre-feu. Ne sortez pas après la tombée de la nuit. »

Encore de la musique, puis des recommandations et des menaces :

« Le travail doit reprendre dans les usines. Les ouvriers qui ne se présentent pas à leur lieu de travail seront licenciés. Les saboteurs seront déférés devant des tribunaux d'exception. Ils sont passibles de la peine de mort. »

L'enfant dit :

— Je ne comprends rien. Qui a gagné la révolution ? Et pourquoi tout est interdit ? Pourquoi sont-ils si méchants ?

Lucas éteint la radio :

— Il ne faut plus écouter la radio. Cela ne sert à rien.

Il y a encore de la résistance, des combats, des grèves. Il y a aussi des arrestations, des emprisonnements, des disparitions, des exécutions. Pris de panique, deux cent mille habitants quittent le pays.

Quelques mois plus tard le silence, le calme, l'ordre règnent de nouveau.

Lucas sonne chez Peter :

— Je sais que vous êtes revenu. Pourquoi vous cachez-vous de moi ?

— Je ne me cache pas de vous. J'ai seulement pensé que vous ne vouliez plus me revoir. J'attendais que vous fassiez le premier pas.

Lucas rit :

— C'est fait. En somme, tout est comme avant. La révolution n'aura servi à rien.

Peter dit :

— L'Histoire jugera.

Lucas rit de nouveau :

— Que voilà de bien grands mots. Qu'est-ce qui vous prend, Peter ?

— Ne riez pas. J'ai traversé une crise grave. J'ai d'abord donné ma démission au Parti, puis je me suis laissé convaincre de reprendre mon rôle dans cette ville. J'aime beaucoup cette ville. Elle possède un pouvoir sur l'âme. Quand on y a habité une fois, on ne peut pas ne pas y revenir. Il y a aussi vous, Lucas.

— C'est une déclaration d'amour ?

— Non. D'amitié. Je sais que je n'ai rien à attendre de vous. Et Clara ? Est-elle revenue ?

— Non, Clara n'est pas revenue. Quelqu'un d'autre habite déjà sa maison.

Peter dit :

— Il y a eu trente mille morts dans la capitale. On a même tiré sur un cortège où il y avait des femmes et des enfants. Si Clara à participé à quelque chose...

— Elle a certainement participé à tout ce qui se passait dans la capitale. Je pense qu'elle a rejoint Thomas et c'est bien ainsi. Elle ne cessait de parler de Thomas. Elle ne pensait qu'à Thomas, elle n'aimait que Thomas, elle était malade de Thomas. D'une façon ou d'une autre, elle serait morte de Thomas.

Après un silence, Peter dit :

— Beaucoup de gens ont traversé la frontière pendant cette période trouble où la frontière était sans surveillance. Pourquoi n'en avez-vous pas profité pour rejoindre votre frère ?

— Je n'y ai pas songé un instant. Comment pourrais-je laisser l'enfant seul ?

— Vous auriez pu le prendre avec vous.

— On ne s'embarque pas dans une aventure pareille avec un enfant de cet âge.

— On s'embarque pour n'importe où, n'importe quand, avec qui on veut, si on le veut vraiment. L'enfant n'est qu'un prétexte.

Lucas baisse la tête :

— L'enfant doit rester ici. Il attend le retour de sa mère. Il ne serait pas venu avec moi.

Peter ne répond pas. Lucas lève la tête et regarde Peter :

— Vous avez raison. Je ne veux pas aller rejoindre Claus. C'est à lui de revenir, c'est lui qui est parti.

Peter dit :

— Quelqu'un qui n'existe pas ne peut pas revenir.

— Claus existe et il reviendra !

Peter s'approche de Lucas et lui serre l'épaule :

— Calmez-vous. Vous devez enfin regarder la réalité en face. Ni votre frère ni la mère de l'enfant ne reviendront, vous le savez bien.

Lucas murmure :

— Si. Claus, oui.

Il tombe en avant de son fauteuil, son front heurte le bord de la table basse, il s'effondre sur le tapis. Peter le hisse sur le canapé, il mouille un linge et essuie le visage de Lucas trempé par la sueur. Quand Lucas revient à lui, Peter le fait boire et lui tend une cigarette allumée :

— Pardonnez-moi, Lucas. Nous ne parlerons plus de ces choses-là.

Lucas demande :

— De quoi avons-nous parlé ?

— De quoi ?

Peter allume une autre cigarette :

— De politique, bien sûr.

Lucas rit :

— Ça devait être bien ennuyeux pour que je m'endorme sur votre canapé.

— Oui, c'est cela, Lucas. La politique vous a toujours ennuyé, n'est-ce pas ?

L'enfant a six ans et demi. Le premier jour d'école Lucas veut l'accompagner, mais l'enfant préfère y aller seul. Quand il rentre, à midi, Lucas lui demande si tout s'est bien passé, l'enfant dit que tout s'est très bien passé.

Les jours suivants aussi, l'enfant dit que tout va bien à l'école. Pourtant un jour il rentre avec une blessure à la joue. Il dit qu'il est tombé. Un autre jour, c'est sa main droite qui porte des marques rouges. Sur cette main, le lendemain, les ongles deviennent noirs à l'exception de l'ongle du pouce. L'enfant dit qu'il a coincé ses doigts dans une porte. Pendant des semaines, il est obligé de se servir de sa main gauche pour écrire.

Un soir l'enfant rentre avec la bouche fendue et tuméfiée. Il ne peut pas manger. Lucas ne lui demande rien, il verse du lait dans la bouche de l'enfant puis pose sur la table de la cuisine une chaussette remplie de sable, une pierre pointue et un rasoir. Il dit :

— C'étaient nos armes quand nous devions nous défendre contre les autres enfants. Prends-les. Défends-toi !

L'enfant dit :

— Vous étiez deux. Mci, je suis seul.

— Seul aussi, il faut savoir se défendre.

L'enfant regarde les objets sur la table :

— Je ne peux pas. Je ne pourrais jamais frapper quelqu'un, blesser quelqu'un.

— Pourquoi ? Les autres te frappent, te blessent.

L'enfant regarde Lucas dans les yeux :

— Les blessures physiques n'ont pas d'importance quand je les reçois. Mais si je devais en infliger à quelqu'un, cela deviendrait une autre sorte de blessure pour moi que je ne saurais supporter.

Lucas demande :

— Veux-tu que je parle à ton instituteur ?

L'enfant dit :

— Surtout pas ! Je te l'interdis ! Ne fais jamais cela, Lucas ! Est-ce que je me plains ? Est-ce que je demande ton aide ? Tes armes ?

Il balaye de la table les objets de défense :

— Je suis plus fort qu'eux tous. Plus courageux, et, surtout, plus intelligent. Seul cela compte.

Lucas jette la pierre et la chaussette remplie de sable dans la poubelle. Il ferme le rasoir, le met dans sa poche :

— Je le porte encore sur moi, mais je ne m'en sers plus.

Quand l'enfant est couché, Lucas entre dans sa chambre, s'assied au bord de son lit :

— Je ne me mêlerai plus de tes affaires, Mathias. Je ne te poserai plus de questions. Quand tu voudras quitter l'école, tu me le diras, n'est-ce pas ?

L'enfant dit :

— Je ne quitterai jamais l'école.

Lucas demande :

— Dis-moi, Mathias, pleures-tu parfois le soir quand tu es seul ?

L'enfant dit :

— J'ai l'habitude d'être seul. Je ne pleure jamais, tu le sais bien.

— Oui, je le sais. Mais tu ne ris jamais non plus. Quand tu étais petit, tu riais tout le temps.

— Ça devait être avant la mort de Yasmine.

— Que dis-tu, Mathias? Yasmine n'est pas morte.

— Si. Elle est morte. Je le sais depuis longtemps. Sinon elle serait déjà revenue.

Après un silence, Lucas dit :

— Même après le départ de Yasmine tu riais encore, Mathias.

L'enfant regarde le plafond :

— Oui, peut-être. Avant qu'on quitte la maison de grand-mère. On n'aurait pas dû quitter la maison de grand-mère.

Lucas prend le visage de l'enfant dans ses mains :

— Tu as peut-être raison. On n'aurait peut-être pas dû quitter la maison de grand-mère.

L'enfant ferme les yeux, Lucas l'embrasse sur le front :

— Dors bien, Mathias. Et quand tu auras trop de peine, trop de chagrin, et si tu ne veux en parler à personne, écris-le. Ça t'aidera.

L'enfant répond :

— Je l'ai déjà écrit. J'ai tout écrit. Tout ce qui m'est arrivé depuis que nous habitons ici. Mes cauchemars, l'école, tout. J'ai aussi mon grand cahier comme toi. Toi, tu en as plusieurs, moi je n'en ai qu'un, mince encore. Jamais je ne te permettrai de le lire. Tu m'as défendu de lire les tiens, je te défends de lire le mien.

A dix heures du matin un homme âgé, barbu, entre dans la librairie. Lucas l'a déjà vu. C'est un de ses meilleurs clients. Lucas se lève et demande en souriant :

— Vous désirez, monsieur?

— J'ai tout ce qu'il me faut, merci. Je suis venu vous

parler au sujet de Mathias. Je suis son instituteur. Je vous ai envoyé plusieurs lettres pour vous prier de venir me voir.

Lucas dit :

— Je n'ai reçu aucune lettre.

— Pourtant vous les avez signées.

L'institueur sort de sa poche trois enveloppes et les tend à Lucas :

— N'est-ce pas là votre signature ?

Lucas examine les lettres :

— Oui et non. C'est ma signature très habilement imitée.

L'instituteur sourit en reprenant les lettres :

— C'est ce que j'ai finalement pensé aussi. Mathias ne veut pas que je vous parle. Aussi, j'ai décidé de venir pendant les heures de classe. J'ai prié un élève plus âgé de surveiller les miens pendant mon absence. Ma visite restera un secret entre nous si vous le désirez.

Lucas dit :

— Oui, je crois que cela vaudrait mieux. Mathias m'a interdit de vous parler.

— C'est un enfant très fier, orgueilleux même. Il est aussi incontestablement l'élève le plus intelligent de la classe. Malgré ça, le seul conseil que je puisse vous donner, c'est de retirer l'enfant de l'école. Je signerai les papiers nécessaires pour cela.

Lucas dit :

— Mathias ne veut pas quitter l'école.

— Si vous saviez ce qu'il endure ! La cruauté des enfants dépasse l'entendement. Les filles se moquent de lui. Elles l'appellent « l'araignée », « le bossu », « le bâtard ». Il est assis seul au premier rang et personne ne veut s'asseoir à côté de lui. Les garçons le frappent, lui donnent des coups de pied, des coups de poing. Son voisin de derrière a rabattu la table sur ses doigts. Je suis intervenu plusieurs fois, mais cela n'a fait qu'envenimer les choses. Même son intelligence se retourne contre lui. Les autres enfants ne supportent pas que Mathias sache tout, qu'il soit le meilleur en tout. Ils sont jaloux et ils lui rendent la vie insupportable.

Lucas dit :

— Je le sais, bien qu'il ne m'en parle jamais.

— Non, il ne se plaint jamais. Il ne pleure même pas. Il a une force de caractère énorme. Mais il ne peut endurer éternellement autant d'humiliations. Retirez-le de l'école, je viendrai tous les soirs lui donner des cours ici, ce serait pour moi un réel plaisir de travailler avec un enfant aussi doué.

Lucas dit :

— Je vous remercie, monsieur. Mais tout ça ne dépend pas de moi. C'est Mathias qui tient absolument à suivre l'école normalement, comme les autres enfants. Pour lui, quitter l'école signifierait reconnaître sa différence, son infirmité.

L'instituteur dit :

— Je comprends. Pourtant, différent, il l'est, et il faudra bien qu'il l'accepte un jour.

Lucas se tait, l'instituteur se promène en regardant les livres sur les rayonnages :

— C'est un local très spacieux. Que diriez-vous d'y installer quelques tables avec des chaises, et en faire une salle de lecture pour enfants ? Je pourrais vous apporter des livres usagés, j'en ai à ne pas savoir où les mettre. Ainsi les enfants dont les parents ne possèdent aucun livre, et ils sont nombreux, croyez-moi, pourraient venir ici et lire en silence pendant une heure ou deux.

Lucas fixe l'instituteur :

— Vous pensez que cela pourrait changer les rapports entre Mathias et les autres enfants, n'est-ce pas ? Oui, cela vaut la peine d'essayer. C'est peut-être une bonne idée, monsieur l'instituteur.

6

Il est dix heures du soir. Peter sonne chez Lucas. Lucas lui lance la clé de la porte d'entrée par la fenêtre. Peter monte et entre dans la chambre :

— Je ne vous dérange pas ?

— Pas du tout. Au contraire. Je vous ai cherché mais vous aviez disparu. Même Mathias s'est inquiété de votre absence.

Peter dit :

— C'est gentil. Il dort ?

— Il est dans sa chambre, mais comment savoir s'il dort ou s'il fait autre chose. Il se réveille à n'importe quelle heure de la nuit et il se met à lire, à écrire, à réfléchir, à étudier.

— Peut-il nous entendre ?

— Il le peut s'il le veut, oui.

— Dans ce cas, je préfère que vous veniez chez moi.

— Entendu.

Chez lui, Peter ouvre les fenêtres dans toutes les pièces. Il se laisse tomber sur un fauteuil :

— Cette chaleur est insupportable. Trouvez quelque chose à boire et asseyez-vous. J'arrive de la gare, j'ai voyagé toute la journée. J'ai dû changer de train quatre fois avec des attentes extrêmement longues entre les correspondances.

Lucas sert à boire :

— D'où venez-vous ?

— De ma ville natale. J'y ai été convoqué d'urgence par le juge d'instruction au sujet de Victor. Il a étranglé sa sœur dans une crise de *delirium tremens*.

Lucas dit :

— Pauvre Victor. L'avez-vous vu ?

— Oui, je l'ai vu. Il est dans un asile psychiatrique.

— Comment est-il ?

— Très bien, très calme. Un peu bouffi à cause des médicaments. Il était content de me voir, il m'a demandé de vos nouvelles et des nouvelles de la librairie, de l'enfant. Il vous envoie ses salutations.

— Et que dit-il au sujet de sa sœur ?

— Il m'a dit tranquillement : « C'est une chose faite, on ne peut plus rien y changer. »

Lucas demande :

— Qu'adviendra-t-il de lui ?

— Je ne sais pas. Le procès n'a pas encore eu lieu. Je pense qu'il restera à l'asile jusqu'à la fin de ses jours. La place de Victor n'est pas dans une prison. Je lui ai demandé ce que je pouvais faire pour lui, il m'a dit de lui envoyer régulièrement de quoi écrire. « Du papier et des crayons, c'est tout ce dont j'ai besoin. Ici, je pourrai enfin écrire mon livre », m'a-t-il dit.

— Oui, Victor voulait écrire un livre. Il me l'a dit quand je lui ai acheté la librairie. C'est même pour cela qu'il avait tout vendu.

— Oui, et il a déjà commencé à l'écrire, son livre.

Peter sort de sa serviette une pile de feuilles dactylographiées :

— Je les ai lues dans le train. Prenez-les chez vous, lisez-les et rendez-les moi. Il les a tapées à la machine à côté du cadavre de sa sœur. Il a étranglé sa sœur et il s'est assis à son bureau pour écrire. On les a trouvés comme ça, dans la chambre de Victor, la sœur étranglée, couchée sur le lit, Victor tapant à la machine, buvant de l'eau-de-vie, fumant des cigares. Ce sont les clientes de sa sœur qui ont appelé la police le lendemain. Le jour du crime, Victor est sorti de la maison, il a retiré de l'argent à la banque, il est allé chercher de l'eau-de-vie, des cigarettes et des cigares. Aux clientes qui avaient rendez-vous pour un essayage et qui attendaient devant la porte, il a dit que sa sœur était souffrante à cause de la chaleur et qu'il ne fallait pas la déranger. Les clientes, obstinées et sans doute impatientes d'avoir leurs robes neuves, revenaient le lendemain, frappaient à la porte, discutaient avec les voisines, trouvaient tout cela bizarre et décidèrent finalement d'alerter la police. Les policiers ont enfoncé la porte et ont trouvé Victor ivre mort, continuant à taper tranquillement son manuscrit. Il s'est laissé emmener sans résistance en prenant les feuillets déjà remplis avec lui. Lisez-les. Malgré les nombreuses fautes, c'est lisible et c'est très intéressant.

Lucas rentre avec le manuscrit de Victor et entreprend de le recopier dans son cahier pendant la nuit.

Nous sommes le 15 août, la canicule dure depuis trois semaines. La chaleur est insupportable aussi bien à l'intérieur qu'à l'extérieur. Il n'y a aucun moyen de s'en défendre. Je n'aime pas la chaleur, je n'aime pas l'été. Un été pluvieux, frais, oui, mais la canicule m'a toujours rendu positivement malade.

Je viens d'étrangler ma sœur. Elle est couchée sur mon lit, je l'ai recouverte d'un drap. Avec cette chaleur son corps va bientôt sentir. Qu'importe. J'aviserai plus tard. J'ai fermé la porte d'entrée à clé et quand on frappe, je n'ouvre pas. J'ai aussi fermé les fenêtres et tiré les volets.

J'ai vécu avec ma sœur près de deux ans. J'ai vendu la librairie et la maison qui m'appartenaient dans une petite ville lointaine, près de la frontière. Je suis venu vivre avec ma sœur pour pouvoir écrire un livre. Dans la petite ville lointaine cela me semblait impossible à cause de ma trop grande solitude qui menaçait de me rendre malade et alcoolique. J'ai pensé qu'ici, auprès de ma sœur qui s'occuperait du ménage, des repas et des vêtements, je retrouverais une vie saine, une vie équilibrée qui me permettrait enfin d'écrire le livre que j'ai toujours voulu écrire.

Hélas, la vie calme et tranquille que je m'étais imaginée s'est très vite transformée en enfer.

Ma sœur me surveillait, m'épiait sans cesse. Elle m'a immédiatement, dès mon arrivée, interdit de boire et de fumer, et quand je rentrais d'une course ou d'une promenade, elle m'embrassait affectueusement, mais, je le savais, uniquement dans le but de sentir sur moi l'odeur de l'alcool ou du tabac.

Je me suis abstenu de boire de l'alcool pendant quelques mois, mais j'étais absolument incapable de me passer aussi de tabac. Je fumais en cachette comme un enfant, je m'achetais un cigare ou un paquet de cigarettes et je m'en allais me promener dans la forêt. En rentrant, je mâchonnais des aiguilles de sapin, je suçais des bonbons à la menthe pour chasser l'odeur. Je fumais aussi la nuit avec la fenêtre ouverte, même en hiver.

Souvent je m'asseyais à mon bureau avec des feuilles de papier mais j'avais dans la tête un vide absolu.

Qu'aurais-je pu écrire ? Il ne se passait rien dans ma vie,

il ne s'était jamais rien passé dans ma vie, et autour de moi non plus. Rien qui vaille la peine d'être écrit. Et puis ma sœur me dérangeait tout le temps, elle entrait dans ma chambre sous toute sorte de prétextes. Elle m'apportait du thé, elle époussetait les meubles, rangeait des habits propres dans mon armoire. Elle se penchait aussi par-dessus mon épaule pour voir si mon travail d'écriture avançait. Pour cette raison, j'étais obligé de remplir des feuilles et des feuilles, et comme je ne savais pas par quoi les remplir, je recopiais des textes dans des livres, dans n'importe quels livres. Parfois ma sœur lisait une phrase par-dessus mon épaule, trouvait la phrase belle, m'encourageait avec un sourire de contentement.

Il n'y avait aucun risque qu'elle découvre ma supercherie, car elle ne lisait jamais, elle n'a peut-être jamais lu un seul livre de sa vie, elle n'en a pas eu le temps, dès l'enfance, elle a travaillé du matin au soir.

Le soir, elle m'obligeait à venir au salon :

— Tu as assez travaillé aujourd'hui. Bavardons un peu.

Tout en cousant, à la main, ou sur sa vieille machine à coudre à pédale, elle parlait. De ses voisines, de ses clientes, de robes et de tissus, de sa fatigue, du sacrifice qu'elle accomplissait pour l'œuvre et le succès de son frère, moi, Victor.

J'étais obligé de rester là assis, sans tabac, sans alcool, à écouter son bavardage stupide. Quand, enfin, elle se retirait dans sa chambre, j'allais dans la mienne, j'allumais un cigare ou une cigarette, prenais une feuille de papier et la remplissais d'injures à l'adresse de ma sœur, de ses clientes bornées et de ses robes ridicules. Je cachais la feuille parmi les autres qui n'étaient que des copies disparates des passages de n'importe quel livre.

Pour Noël, ma sœur m'a offert une machine à écrire :

— Ton manuscrit est déjà très épais, tu arriveras bientôt à la fin de ton livre, je suppose. Après, il faudra le taper à la machine. Tu avais pris des cours de dactylographie à l'école de commerce, et même si tu as un peu oublié, faute de pratique, tu t'y remettras facilement.

J'étais au comble du désespoir mais, pour faire plaisir à ma sœur, je me suis immédiatement installé à mon bureau et, maladroitement, j'ai recopié quelques pages du texte déjà copié dans un livre quelconque. Ma sœur me regardait faire en hochant la tête avec satisfaction :

— Cela ne va pas si mal, Victor, je suis étonnée, cela va même plutôt bien. Dans peu de temps, tu taperas aussi vite qu'autrefois.

Une fois seul, j'ai relu les pages dactylographiées. Ce n'était que d'innombrables fautes de frappe, erreurs et coquilles.

Quelques jours plus tard, en rentrant de ma promenade « hygiénique », je suis entré dans un bistrot de banlieue. Je voulais juste me réchauffer un peu en buvant une tasse de thé car mes mains et mes pieds étaient froids et complètement engourdis à cause de ma mauvaise circulation. Je me suis assis à une table près du poêle et quand le garçon m'a demandé ce que je voulais, j'ai répondu :

— Un thé.

Puis j'ai ajouté.

— Avec du rhum.

Je ne sais pas pourquoi j'avais ajouté cela, je n'avais aucunement l'intention d'ajouter cela, et pourtant je l'avais fait. J'ai bu mon thé au rhum et j'ai demandé encore un rhum, sans thé cette fois, et plus tard, un troisième rhum.

J'ai regardé autour de moi avec inquiétude. La ville n'est pas très grande, presque tout le monde y connaît ma sœur. Si elle apprenait par ses clientes ou par ses voisines que j'étais entré dans un bistrot ! Mais je ne voyais que des visages d'hommes fatigués, indifférents, absents, et mon inquiétude a disparu. J'ai repris un rhum et je suis sorti du bistrot. Mes pas étaient mal assurés, je n'avais pas bu depuis plusieurs mois, l'alcool m'est monté très vite à la tête.

Je ne savais pas comment rentrer. J'avais peur de ma sœur. J'ai erré dans les rues pendant un moment, puis j'ai acheté une boîte de bonbons à la menthe dans un magasin, j'en ai mis deux dans ma bouche tout de suite. Au moment de payer, sans que je sache pourquoi, sans le vouloir pour ainsi dire, j'ai dit à la vendeuse d'un ton détaché :

— Donnez-moi donc aussi une bouteille d'eau-de-vie de prune, deux paquets de cigarettes et trois cigares.

J'ai mis la bouteille dans la poche intérieure de mon pardessus. Dehors, il neigeait, je me sentais parfaitement heureux. Je n'avais plus peur de rentrer, je n'avais plus peur de ma sœur. Quand je suis arrivé à la maison, elle a crié de la chambre qui lui sert d'atelier de couture :

— J'ai un travail urgent, Victor. Ton repas est au chaud dans le four. Je mangerai plus tard.

J'ai mangé rapidement dans la cuisine, je me suis retiré dans ma chambre, et j'ai fermé ma porte à clé. C'était la première fois que j'osais fermer ma porte à clé. Quand ma sœur a voulu entrer dans ma chambre, j'ai crié, j'ai osé crier :

— Ne me dérange pas ! J'ai des idées magnifiques ! Il faut que je les note avant qu'elles s'envolent.

Ma sœur a répondu humblement :

— Je ne voulais pas te déranger. Je voulais seulement te souhaiter bonne nuit.

— Bonne nuit, Sophie !

Elle ne partait toujours pas.

— J'avais une cliente très exigeante. Il faut que sa robe

soit prête pour le Nouvel An. Pardonne-moi, Victor, pour le repas que tu as dû prendre seul.

— Aucune importance, ai-je répondu avec gentillesse, va au lit, Sophie, il est tard.

Après un silence, elle a demandé :

— Pourquoi as-tu fermé ta porte à clé, Victor ? Tu n'aurais pas dû fermer ta porte à clé. Cela n'était vraiment pas nécessaire.

J'ai bu une gorgée d'eau-de-vie pour me calmer :

— Je ne veux pas être dérangé. J'écris.

— C'est bien. C'est très bien, Victor.

J'ai bu la bouteille d'eau-de-vie, ce n'était qu'un demi-litre, j'ai fumé deux cigares et de nombreuses cigarettes. Je jetais les mégots par la fenêtre. Il neigeait toujours. La neige recouvrait les mégots et la bouteille vide que j'ai lancée aussi par la fenêtre, loin dans la rue.

Le lendemain matin, ma sœur a frappé à ma porte. Je ne répondais pas. Elle a frappé encore. J'ai crié :

— Laisse-moi dormir !

Je l'ai entendue partir.

Je ne me suis levé qu'à deux heures de l'après-midi. Le repas et ma sœur m'attendaient à la cuisine. Voici notre dialogue :

— J'ai réchauffé le repas trois fois.

— Je n'ai pas faim. Fais-moi du café.

— Il est deux heures. Comment peux-tu dormir aussi longtemps ?

— J'ai écrit jusqu'à cinq heures du matin. Je suis un artiste. J'ai le droit de travailler quand je le veux, quand l'inspiration me le permet. Écrire, ce n'est pas la même chose que de coudre des robes. Mets-toi bien cela dans la tête, Sophie.

Ma sœur me regardait avec admiration :

— Tu as raison, Victor, pardonne-moi. L'auras-tu bientôt fini, ton livre?

— Oui, bientôt.

— Quel bonheur! Ce sera un très beau livre. Les quelques passages que j'en ai lus m'en ont convaincue.

J'ai pensé :

— Pauvre conne!

Je buvais de plus en plus, je devenais imprudent. J'oubliais des paquets de cigarettes dans la poche de mon pardessus. Ma sœur, sous prétexte de brossage et de nettoyage, fouillait mes poches. Un jour, elle est entrée dans ma chambre en brandissant un paquet à moitié vide :

— Tu fumes!

J'ai répondu avec défi :

— Oui, je fume. Je ne peux pas écrire sans fumer.

— Tu m'avais promis de ne plus fumer!

— Je me l'étais aussi promis à moi-même. Mais je me suis rendu compte que j'étais incapable d'écrire si je ne fumais pas. C'est un cas de conscience pour moi, Sophie. Si j'arrête de fumer, j'arrête aussi d'écrire. J'ai décidé qu'il valait mieux continuer à fumer et à écrire que de vivre sans écrire. Je suis bientôt à la fin de mon livre, tu devrais me laisser libre, Sophie, de finir mon livre, et peu importe que je fume ou que je ne fume pas.

Ma sœur, impressionnée, s'est retirée, puis elle est revenue avec un cendrier qu'elle a déposé sur mon bureau :

— Fume donc, ce n'est pas si grave, et si c'est pour ton livre...

Pour boire, j'ai adopté la tactique suivante : j'achetais des litres d'eau-de-vie dans différents quartiers de la ville en faisant attention de ne pas aller deux fois de suite dans le même magasin. Je rapportais la bouteille dans la poche intérieure de mon pardessus, cachais la bouteille dans le porte-parapluie du corridor et, quand ma sœur sortait ou se couchait, je récupérais la bouteille, m'enfermais dans ma chambre, buvais et fumais tard dans la nuit.

J'évitais les bistrots, je rentrais sobre de ma promenade et tout allait bien entre ma sœur et moi jusqu'au printemps de cette année, quand Sophie a commencé à s'impatienter :

— Vas-tu enfin finir ton livre, Victor ? Cela ne peut pas durer. Tu ne te lèves jamais avant deux heures de l'après-midi, tu as mauvaise mine, tu vas te rendre malade et moi aussi.

— Je l'ai fini, Sophie. Il faut maintenant que je le corrige et que je le tape à la machine. C'est un grand travail.

— Je n'aurais jamais pensé qu'écrire un livre prenait autant de temps.

— Un livre, ce n'est pas une robe, Sophie, ne l'oublie pas.

L'été est venu. Je souffrais terriblement de la chaleur. Je passais mes après-midi dans la forêt, couché sous les arbres. Parfois je m'endormais, je faisais des rêves confus. Un soir l'orage m'a surpris dans mon sommeil, un orage terrible. C'était le quatorze août. Je suis sorti de la forêt aussi vite que j'ai pu avec ma jambe malade. Je me suis précipité à l'abri dans le premier bistrot venu. Des ouvriers, des gens simples y buvaient des verres. Ils se réjouissaient tous de l'orage, car cela faisait plusieurs mois qu'il n'avait plu. J'ai commandé une limonade, ils ont ri et l'un d'entre eux m'a tendu un verre de vin rouge. Je l'ai accepté. Ensuite, j'ai commandé une bouteille et j'ai offert du vin à tous. Cela a continué ainsi pendant que la pluie tombait, je commandais une bouteille après l'autre, je me sentais merveilleusement bien, entouré par une amitié chaleureuse. J'ai dépensé tout l'argent que j'avais sur moi. Mes compagnons s'en allaient les uns après les autres, moi je n'avais pas envie de rentrer, je me sentais seul, je n'avais pas de chez-moi, je ne savais où aller, j'aurais voulu rejoindre ma maison, ma librairie, dans la petite ville lointaine qui était l'endroit idéal, je le savais maintenant avec certitude, je n'aurais jamais dû quitter cette ville frontière pour rejoindre ma sœur que je haïssais depuis l'enfance.

Le patron du bistrot a dit :

— On ferme !

Dans la rue ma jambe gauche, ma jambe malade s'est dérobée sous moi, je suis tombé.

Je ne me souviens plus du reste. Je me suis réveillé baigné de sueur dans mon lit. Je n'osais pas sortir de ma chambre. Des bribes de souvenirs me revenaient lentement. Des visages hilares, vulgaires, dans un bistrot de banlieue... Plus tard, la pluie, la boue... l'uniforme des policiers qui m'ont ramené... le visage décomposé de ma sœur... mes injures à son égard... le rire des policiers...

La maison était silencieuse. Dehors, le soleil brillait de nouveau, la chaleur était suffocante.

Je me suis levé, j'ai sorti ma vieille valise de sous le lit, j'ai commencé à y empiler mes vêtements. C'était la seule solution. Partir d'ici au plus vite. La tête me tournait. Mes yeux, ma bouche, ma gorge étaient brûlants. J'avais le vertige, j'ai dû m'asseoir. Je pensais que je n'arriverais jamais à la gare dans cet état. J'ai fouillé dans la corbeille à papiers, j'y ai trouvé une bouteille d'eau-de-vie à peine entamée. J'ai bu au goulot. Je me suis senti mieux. J'ai tâté ma tête. J'avais une bosse douloureuse derrière l'oreille gauche. J'ai repris la bouteille, je l'ai portée à ma bouche, et ma sœur est entrée dans ma chambre. J'ai déposé la bouteille, j'attendais. Ma sœur aussi attendait. Le silence a duré longtemps. C'est elle qui l'a rompu d'une voix calme et bizarre :

— Qu'as-tu à me dire ?

— Rien, ai-je dit.

Elle a hurlé :

— C'est trop facile ! Ce serait trop facile ! Monsieur n'a rien à dire ! Il se fait ramasser par la police, ivre mort, couché dans la boue, et monsieur n'a rien à dire !

J'ai dit :

— Laisse-moi. Je m'en vais.

Elle a sifflé :

— Oui, je vois, tu prépares ta valise. Mais où iras-tu, pauvre imbécile, où irais-tu sans argent ?

— J'ai encore à la banque de l'argent qui me reste de la vente de la librairie.

— Ah, oui ? Je me demande ce qu'il en reste de ton argent ? Tu l'as bradée, ta librairie, et le peu d'argent que tu en as tiré, tu l'as dilapidé en boisson, en cigarettes.

Je ne lui avais naturellement jamais parlé des pièces d'or et d'argent, ni des bijoux que j'avais reçus en plus, et que j'avais également déposés à la banque. J'ai répondu simplement :

— Il m'en reste encore assez pour partir.

Elle a dit :

— Et moi ? Je n'ai pas été payée, moi. Je t'ai nourri, logé, soigné. Qui me remboursera de tout cela ?

J'ai bouclé ma valise :

— Je te rembourserai. Laisse-moi partir.

Brusquement adoucie, elle a dit :

— Ne fais pas l'enfant, Victor. Je te pardonne une dernière fois. Ce qui est arrivé hier soir n'était qu'un accident, une rechute. Tout changera dès que tu auras fini ton livre.

J'ai demandé :

— Quel livre?

Elle a soulevé mon « manuscrit » :

— Ce livre-là. Ton livre.

— Je n'en ai pas écrit une seule ligne.

— Il y a près de deux cents pages dactylographiées.

— Oui, deux cents pages copiées dans toute sorte de livres.

— Copiées? Je ne comprends pas.

— Tu ne comprendras jamais rien. Ces deux cents pages, je les ai copiées dans des livres. Il n'y a pas une seule ligne de moi.

Elle me regardait. J'ai levé la bouteille et j'ai bu. Longuement. Elle a secoué la tête :

— Je ne te crois pas. Tu es ivre. Tu dis n'importe quoi. Pourquoi aurais-tu fait cela?

J'ai ricané :

— Pour te faire croire que j'écrivais. Mais je ne peux pas écrire ici. Tu me déranges, tu m'épies sans cesse, tu m'empêches d'écrire, te voir, ta seule présence dans la maison m'empêchent d'écrire. Tu détruis tout, dégrades tout, anéantis toute création, vie, liberté, inspiration. Depuis l'enfance, tu ne fais que me surveiller, me diriger, m'emmerder, depuis l'enfance!

Elle est restée silencieuse pendant un moment, ensuite elle a dit, elle a récité en regardant le plancher de la chambre, le tapis usé :

— J'ai tout sacrifié pour ton travail, pour ton livre. Mon travail à moi, mes clientes, mes dernières années. Je marchais sur la pointe des pieds pour ne pas te déranger. Et tu n'as pas écrit une seule ligne depuis près de deux ans que tu es là ? Tu ne fais que manger, boire et fumer ! Tu n'es qu'un feignant, un bon à rien, un ivrogne, un parasite ! J'ai annoncé la parution de ton livre à toutes mes clientes ! Et tu n'as rien écrit ? Je serai la risée de toute la ville ! Tu as apporté le déshonneur dans ma maison ! J'aurais dû te laisser croupir dans ta sale petite ville et dans ta librairie crasseuse. Tu as vécu là-bas, seul, pendant plus de vingt ans, pourquoi n'as-tu pas écrit un livre là-bas où je ne te dérangeais pas, où personne ne te dérangeait ? Pourquoi ? Parce que tu serais incapable d'écrire la moindre ligne d'un livre même médiocre, même dans la situation la plus favorable, et dans les conditions les meilleures.

Je continuais à boire pendant qu'elle parlait et c'est de loin, comme venant de la pièce à côté que j'ai entendu ma voix lui répondre. Je lui disais qu'elle avait raison, que je ne pourrais, ne pouvais écrire quoi que ce soit tant qu'elle serait en vie. Je lui ai rappelé nos expériences sexuelles enfantines dont elle était l'initiatrice, étant mon aînée de plusieurs années, et qui m'ont choqué au-delà de ce qu'elle pouvait imaginer.

Ma sœur répondait que ce n'étaient que des jeux d'enfants, qu'il était de mauvais goût de reparler de ces choses, surtout qu'elle était restée vierge et que « cela » ne l'intéressait plus depuis longtemps.

J'ai dit que je savais que « cela » ne l'intéressait pas, elle se contentait de caresser les hanches et les seins de ses clientes, je l'ai observée pendant ses essayages, j'ai vu le plaisir qu'elle prenait à toucher ses clientes jeunes et belles comme jamais elle ne l'avait été elle-même, elle n'avait jamais été qu'une vicieuse.

Je lui ai dit qu'à cause de sa laideur et à cause de son puritanisme hypocrite, elle n'avait jamais pu intéresser un homme quel qu'il soit. Alors elle s'était tournée vers ses clientes et sous prétexte de prendre des mesures, de lisser le tissu, elle se livrait à des attouchements sur ces femmes jeunes et belles qui lui commandaient des robes.

Ma sœur a dit :

— Tu as dépassé les bornes, Victor, cela suffit !

Elle a attrapé la bouteille, ma bouteille d'eau-de-vie, elle l'a frappée contre la machine à écrire, l'eau-de-vie s'est répandue sur le bureau. Ma sœur, tenant le goulot de la bouteille cassée, s'approchait.

Je me suis levé, j'ai immobilisé son bras, j'ai tordu son poignet, elle a lâché la bouteille. Nous sommes tombés sur le lit, je me suis couché sur elle, mes mains ont serré son cou maigre et, quand elle a cessé de se débattre, j'ai éjaculé.

Le lendemain, Lucas rend le manuscrit de Victor à Peter.

Quelques mois plus tard Peter part de nouveau dans sa ville natale pour assister au procès. Il reste absent plusieurs semaines. En rentrant, il passe à la librairie, caresse la tête de Mathias et dit à Lucas :

— Venez me voir ce soir.

Lucas dit :

— Cela m'a l'air grave, Peter.

Peter secoue la tête :

— Ne me posez pas de questions maintenant. A plus tard.

Quand Peter sort, l'enfant se tourne vers Lucas :

— Il est arrivé un malheur à Peter ?

— Non, pas à Peter, mais à un de ses amis, je le crains.

L'enfant dit :

— C'est la même chose, c'est peut-être même pire.

Lucas serre Mathias contre lui :

— Tu as raison. Parfois, c'est pire.

Une fois chez Peter, Lucas demande :

— Alors ?

Peter vide d'un seul coup le verre d'eau-de-vie qu'il vient de se verser :

— Alors ? Condamné à mort. Exécuté hier matin par pendaison. Buvez !

— Vous êtes ivre, Peter !

Peter soulève la bouteille, examine le niveau du liquide, ricane :

— Oui, j'ai déjà bu la moitié de la bouteille. Je prends la relève de Victor.

Lucas se lève :

— Je reviendrai un autre jour. Ça ne sert à rien de parler si vous êtes dans cet état.

Peter dit :

— Au contraire. Je ne peux parler de Victor que dans cet état. Rasseyez-vous. Tenez, ceci vous appartient. Victor vous l'envoie.

Il pousse devant Lucas un petit sac en toile.

Lucas demande :

— Qu'est-ce que c'est ?

— Des pièces d'or et des bijoux. De l'argent aussi. Victor n'a pas eu le temps de le dépenser. Il m'a dit : « Rendez tout ceci à Lucas. Il a payé trop cher la maison et la librairie. Quant à vous, Peter, je vous lègue ma maison, la maison de ma sœur et de nos parents. Nous n'avons pas d'héritier, ni ma sœur ni moi n'avons d'héritier. Vendez cette maison, elle est maudite, une malédiction pèse sur elle depuis notre enfance. Vendez-là, et retournez dans la petite ville lointaine, le lieu idéal que je n'aurais jamais dû quitter. »

Après un silence, Lucas dit :

— Vous aviez prévu une condamnation plus légère pour Victor. Vous aviez même espéré qu'il éviterait la prison et qu'il pourrait finir ses jours dans un asile.

— Je me suis trompé, voilà tout. Je ne pouvais pas prévoir que les psychiatres allaient reconnaître Victor responsable de ses actes, ni que Victor se comporterait à son procès comme un imbécile. Il n'a manifesté aucun remords, aucun regret, aucun repentir. Il n'a cessé de répéter : « Il fallait que je le fasse, il fallait que je la tue, c'était la seule solution pour que je puisse écrire mon livre. » Les jurés ont estimé que l'on n'avait pas le droit de tuer quelqu'un sous prétexte que cette personne vous empêchait d'écrire un livre. Ils ont déclaré aussi que ce serait trop facile de boire quelques verres, de tuer des gens honorables et de s'en sortir. Ils ont conclu que Victor était un individu égoïste, pervers, dangereux pour la société. A part moi, tous les témoins ont déposé contre lui et en faveur de sa sœur qui avait une vie exemplaire, honorable, et était appréciée de tous, surtout de ses clientes.

Lucas demande :

— Avez-vous pu le voir en dehors de son procès ?

— Après sa condamnation, oui. Je pouvais entrer dans sa cellule et rester avec lui aussi longtemps que je le voulais. Je lui ai tenu compagnie jusqu'au dernier jour.

— Avait-il peur ?

— Peur ? Je crois que ce n'est pas le mot. Au début, il n'y croyait pas, il ne pouvait pas y croire. Espérait-il une grâce, un miracle, je ne sais pas. Le jour où il a écrit et signé son testament, il ne se faisait certainement plus d'illusions. Le dernier soir il m'a dit : « Je sais que je vais mourir, Peter, mais je ne comprends pas. Au lieu d'un seul cadavre, celui de ma sœur, il y en aura un second, le mien.

Mais qui a besoin d'un deuxième cadavre ? Dieu, certainement pas, Il n'a que faire de nos corps. La société ? Elle gagnerait un livre ou des livres si elle me laissait vivre, au lieu de gagner un cadavre de plus qui ne profitera à personne. »

Lucas demande :

— Avez-vous assisté à l'exécution ?

— Non. Il me l'avait demandé, mais j'ai dit non. Vous me trouvez lâche, n'est-ce pas ?

— Ce ne serait pas la première fois. Mais je vous comprends.

— Vous auriez pu y assister, vous ?

— S'il me l'avait demandé, oui, je l'aurais fait.

7

La librairie est transformée en salle de lecture. Quelques enfants ont déjà pris l'habitude d'y venir pour lire ou dessiner, d'autres entrent par hasard quand ils ont froid ou quand ils sont fatigués d'avoir joué longtemps dans la neige. Ceux-là restent à peine un quart d'heure, le temps de se réchauffer en feuilletant des livres d'images. Il y a aussi ceux qui regardent par la vitrine du magasin et qui s'enfuient dès que Lucas sort pour les inviter à entrer.

De temps à autre, Mathias descend de l'appartement, s'installe à côté de Lucas avec un livre, remonte après une heure ou deux, et revient pour la fermeture. Il ne se mêle pas aux autres enfants. Quand ils sont tous partis, Mathias remet de l'ordre dans les livres, vide la corbeille à papier, met les chaises sur les tables et passe la serpillière sur le sol souillé. Il fait aussi des comptes :

— Ils nous ont de nouveau volé sept crayons de couleur, trois livres et ils ont gaspillé des dizaines de feuilles.

Lucas dit :

— Ce n'est rien, Mathias. S'ils le demandaient, je leur offrirais tout cela. Ils sont timides, ils préfèrent prendre en cachette. Ce n'est pas grave.

Vers la fin d'un après-midi, alors que tous lisent en silence,

Mathias glisse une feuille de papier devant Lucas. Il y est écrit : « Regarde cette femme ! » Derrière la vitrine, dans l'obscurité de la rue, l'ombre d'une femme, une silhouette sans visage regarde la salle illuminée de la librairie. Lucas se lève et l'ombre disparaît.

Mathias dit en chuchotant :

— Elle me suit partout. Pendant les récréations, elle me regarde par-dessus la clôture de la cour de l'école. Elle marche derrière moi sur le chemin du retour.

Lucas demande :

— Te parle-t-elle ?

— Non. Une fois, il y a quelques jours, elle m'a tendu une pomme mais je ne l'ai pas prise. Une autre fois, quand quatre garçons m'avaient couché dans la neige et qu'ils voulaient me déshabiller, elle les a grondés et giflés. Je me suis enfui.

— Elle n'est donc pas méchante, elle t'a défendu.

— Oui, mais pourquoi ? Elle n'a aucune raison de me défendre. Et pourquoi me suit-elle ? Pourquoi me regarde-t-elle ? J'ai peur de son regard. J'ai peur de ses yeux.

Lucas dit :

— N'y fais pas attention, Mathias. Beaucoup de femmes ont perdu leurs enfants pendant la guerre. Elles ne peuvent pas les oublier. Alors elles s'attachent à un autre enfant qui leur rappelle l'image de celui qu'elles ont perdu.

Mathias ricane :

— Ça m'étonnerait que je puisse rappeler à quelqu'un l'image de son enfant.

Le soir, Lucas sonne chez la tante de Yasmine. Elle ouvre la fenêtre :

— Que voulez-vous ?

— Vous parler.

— Je n'ai pas le temps. Je dois aller travailler.

— Je vous attends.

Quand elle sort de la maison, Lucas dit :

— Je vous accompagne. Vous travaillez souvent de nuit ?

— Une semaine sur trois. Comme tout le monde. De quoi voulez-vous parler ? De mon travail ?

— Non. De l'enfant. Je veux seulement vous demander de le laisser tranquille.

— Je ne lui ai rien fait.

— Je le sais. Mais vous le suivez, vous le regardez. Cela le trouble. Comprenez-vous ?

— Oui. Pauvre petit. Elle l'a laissé...

Ils marchent en silence dans la rue enneigée et vide. La femme cache son visage dans son écharpe, ses épaules sont secouées de sanglots muets.

Lucas demande :

— Quand votre mari sera-t-il libéré ?

— Mon mari ? Il est mort. Vous ne le saviez pas ?

— Non. Je suis désolé.

— Officiellement, il s'est suicidé. Mais j'ai appris par quelqu'un qui l'a connu là-bas et qui a été libéré que ce n'était pas un suicide. Ce sont ses compagnons de cellule qui l'ont tué à cause de ce qu'il avait fait à sa fille.

Ils sont maintenant devant la grande usine de textile éclairée par des néons. De tous côtés arrivent des ombres frileuses et pressées qui disparaissent par la porte métallique. Même d'ici, le bruit des machines est assourdissant.

Lucas demande :

— Si votre mari n'était pas mort, l'auriez-vous repris ?

— Je ne sais pas. Il n'aurait pas osé revenir dans cette

ville, de toute façon. Je pense qu'il serait parti pour la capitale à la recherche de Yasmine.

La sirène de l'usine se met à hurler. Lucas dit :

— Je vous laisse. Vous serez en retard.

La femme lève son visage pâle, encore jeune où brillent les grands yeux noirs de Yasmine :

— Maintenant que je suis seule, je pourrais peut-être, si vous le vouliez bien, si vous étiez d'accord, prendre l'enfant chez moi.

Lucas hurle plus fort que la sirène de l'usine :

— Prendre Mathias ? Jamais ! Il est à moi, à moi seul ! Je vous défends de l'approcher, de le regarder, de lui parler, de le suivre !

La femme recule vers la porte de l'usine :

— Calmez-vous. Vous êtes fou ? Ce n'était qu'une proposition.

Lucas fait demi-tour et court jusqu'à la librairie. Là, il s'appuie contre le mur de la maison et attend que son cœur se calme.

Une jeune fille entre dans la librairie, s'arrête devant Lucas, sourit :

— Vous ne me reconnaissez pas, Lucas ?

— Je devrais vous reconnaître ?

— Agnès.

Lucas réfléchit :

— Je ne vois pas, je regrette, mademoiselle.

— Nous sommes pourtant de vieux amis. Je suis venue une fois chez vous pour écouter de la musique. Il est vrai que je n'avais que six ans à l'époque. Vous vouliez me faire une balançoire.

Lucas dit :

— Je m'en souviens. C'est votre tante Léonie qui vous avait envoyée.

— Oui, c'est cela. Elle est morte depuis. Maintenant c'est le directeur de l'usine qui m'envoie acheter des livres d'images pour les enfants de la crèche.

— Vous travaillez à la fabrique ? Vous devriez encore fréquenter l'école.

Agnès rougit.

— J'ai quinze ans. J'ai quitté l'école l'année passée. Je ne travaille pas à la fabrique, je suis jardinière d'enfants. Les enfants m'appellent mademoiselle.

Lucas rit :

— Moi aussi, je vous ai appelée mademoiselle.

Elle tend un billet de banque à Lucas :

— Donnez-moi des livres et aussi des feuilles et des crayons de couleur pour dessiner.

Agnès revient souvent. Elle cherche longuement des livres sur les étagères, elle s'assied parmi les enfants, elle lit et dessine avec eux.

La première fois que Mathias la voit, il dit à Lucas :

— C'est une très belle femme.

— Une femme ? Ce n'est qu'une gamine.

— Elle a des seins, ce n'est plus une gamine.

Lucas regarde les seins d'Agnès mis en valeur par un tricot rouge :

— Tu as raison, Mathias, elle a des seins. Je ne les avais pas remarqués.

— Ses cheveux non plus ? Elle a de très beaux cheveux. Regarde, comme ils brillent dans la lumière.

Lucas regarde les longs cheveux blonds d'Agnès qui brillent dans la lumière. Mathias poursuit :

— Regarde ses cils noirs.

Lucas dit :

— C'est du khôl.

— Sa bouche.

— Du rouge à lèvres. A son âge, elle ne devrait pas se maquiller.

— Tu as raison, Lucas. Elle serait belle sans maquillage aussi.

Lucas rit :

— Et toi, à ton âge, tu ne devrais pas encore regarder les filles.

— Les filles de ma classe, je ne les regarde pas. Elles sont bêtes et laides.

Agnès se lève, elle monte sur la double échelle pour prendre un livre. Sa jupe est très courte, on voit ses porte-jarretelles et ses bas noirs sur lesquels une maille file. Quand elle s'en aperçoit, elle mouille son index, et avec sa salive, elle essaie d'arrêter la maille. Pour faire cela, elle doit se pencher, et alors, on voit aussi sa culotte blanche décorée de fleurs roses, une culotte de petite fille.

Un soir, elle reste jusqu'à la fermeture du magasin. Elle dit à Lucas :

— Je vous aide à nettoyer.

Lucas dit :

— C'est Mathias qui nettoie. Il le fait très bien.

Mathias dit à Agnès :

— Si vous m'aidiez, ce serait plus vite fini, et je pourrais vous faire des crêpes à la confiture, si vous aimez ça.

Agnès dit :

— Tout le monde aime les crêpes à la confiture.

Lucas monte dans sa chambre. Un peu plus tard, Mathias l'appelle :

— Viens manger, Lucas.

Ils mangent à la cuisine des crêpes à la confiture, ils boivent du thé. Lucas ne parle pas, Agnès et Mathias rient beaucoup. Après le repas, Mathias dit :

— Il faut raccompagner Agnès. Il fait nuit.

Agnès dit :

— Je peux rentrer seule. Je n'ai pas peur dans la nuit.

Lucas dit :

— Venez. Je vous raccompagne.

Devant la maison d'Agnès, elle demande :

— Vous ne voulez pas entrer ?

— Non.

— Pourquoi ?

— Vous n'êtes qu'une enfant, Agnès.

— Non, je ne suis plus une enfant. Je suis une femme. Vous ne seriez pas le premier à venir dans ma chambre. Mes parents ne sont pas là. Ils travaillent. Et même s'ils étaient là… J'ai ma chambre à moi et j'y fais ce que je veux.

Lucas dit :

— Bonne nuit, Agnès. Je dois m'en aller.

Agnès dit :

— Je sais où vous allez. Là, plus loin, dans la petite rue, chez les filles à soldats.

— C'est exact. Mais cela ne vous regarde pas.

Le lendemain Lucas dit à Mathias.

— Avant d'inviter quelqu'un à manger chez nous, tu pourrais demander mon avis.

— Agnès ne te plaît pas ? C'est dommage. Elle est amoureuse de toi. Ça se voit. C'est à cause de toi qu'elle vient si souvent.

Lucas dit :

— Tu as de l'imagination, Mathias.

— Tu n'aimerais pas l'épouser ?

— L'épouser ? Quelle idée ! Non, certainement pas.

— Pourquoi ? Tu attends encore Yasmine ? Elle ne reviendra plus.

Lucas dit :

— Je ne veux épouser personne.

C'est le printemps. La porte qui donne sur le jardin est ouverte. Mathias s'occupe de ses plantes et de ses bêtes. Il a un lapin blanc, plusieurs chats, et le chien noir offert par Joseph. Il attend aussi avec impatience la naissance des poussins qu'une poule couve dans le poulailler.

Lucas regarde la salle où les enfants, penchés sur leurs livres, sont absorbés par la lecture.

Un petit garçon lève les yeux, sourit à Lucas. Il a des cheveux blonds, des yeux bleus, c'est la première fois qu'il vient ici.

Lucas ne peut détacher ses yeux de cet enfant. Il s'assied derrière le comptoir, ouvre un livre et continue à regarder l'enfant inconnu. Une douleur aiguë, soudaine, traverse sa main gauche posée sur le livre. Un compas est planté dans le dos de cette main. A demi paralysé par l'intensité de la douleur, Lucas se tourne lentement vers Mathias :

— Pourquoi as-tu fait ça ?

Mathias siffle entre ses dents :

— Je ne veux pas que tu le regardes !

— Je ne regarde personne.

— Si ! Ne mens pas ! Je t'ai vu le regarder. Je ne veux pas que tu le regardes de cette façon-là !

Lucas retire le compas, il presse son mouchoir sur la blessure :

— Je monte pour désinfecter la plaie.

Quand il redescend, les enfants ne sont plus là, Mathias a descendu le rideau de fer sur la porte :

— Je leur ai dit qu'on fermait plus tôt aujourd'hui.

Lucas prend Mathias dans ses bras, le porte dans l'appartement, le couche sur son lit :

— Qu'as-tu, Mathias ?

— Pourquoi tu le regardais, le garçon blond ?

— Il m'a rappelé quelqu'un.

— Quelqu'un que tu avais aimé ?

— Oui, mon frère.

— Tu ne dois pas aimer quelqu'un d'autre que moi, même pas ton frère.

Lucas se tait, l'enfant poursuit :

— Ça ne sert à rien d'être intelligent. Il vaudrait mieux être beau et blond. Si tu te mariais, tu pourrais avoir des enfants comme lui, le garçon blond, comme ton frère. Tu aurais des enfants vraiment à toi, beaux et blonds, sans infirmité. Je ne suis pas ton fils. Je suis le fils de Yasmine.

Lucas dit :

— Tu es mon fils. Je ne veux pas d'autre enfant.

Il montre sa main, bandée :

— Tu m'as fait mal, tu sais ?

L'enfant dit :

— Toi aussi, tu m'as fait mal, mais toi, tu ne le sais pas.

Lucas dit :

— Je n'ai pas voulu te faire mal. Il faut que tu saches une chose, Mathias : le seul être au monde qui compte pour moi, c'est toi.

L'enfant dit :

— Je ne te crois pas. Seule Yasmine m'aimait vraiment, et elle est morte. Je te l'ai déjà dit plusieurs fois.

— Yasmine n'est pas morte. Elle est seulement partie.

— Elle ne serait pas partie sans moi, donc elle est morte.

L'enfant dit encore :

— Il faut supprimer la salle de lecture. Quelle idée as-tu eue d'ouvrir une salle de lecture ?

— Je l'ai fait pour toi. J'ai pensé que tu t'y ferais des amis.

— Des amis, je n'en veux pas. Et je ne t'ai jamais demandé une salle de lecture. Je te demande au contraire de la fermer.

Lucas dit :

— Je la fermerai. Je dirai aux enfants demain soir que par ce beau temps, ils peuvent lire, dessiner dehors.

Le petit garçon blond revient le lendemain. Lucas ne le regarde pas. Il fixe ses yeux sur les lignes, sur les lettres d'un livre. Mathias dit :

— Tu n'oses plus le regarder ? Tu en as pourtant bien envie. Depuis cinq minutes, tu n'as pas tourné les pages de ton livre.

Lucas referme le livre et cache son visage dans ses mains.

Agnès entre dans la librairie, Mathias court à sa rencontre, elle l'embrasse. Mathias demande :

— Pourquoi avez-vous cessé de venir?

— Je n'en ai pas eu le temps. J'ai suivi un cours dans la ville voisine pour devenir éducatrice. Je ne rentrais que rarement.

— Mais maintenant, vous resterez ici, dans notre ville?

— Oui.

— Vous venez manger des crêpes chez nous ce soir?

— Ce serait volontiers, mais je dois m'occuper de mon petit frère. Nos parents travaillent.

Mathias dit :

— Prenez-le avec vous, votre petit frère. Il y aura assez de crêpes. Je monte préparer la pâte.

— Et moi, je rangerai le magasin à ta place.

Mathias monte dans l'appartement, Lucas dit aux enfants :

— Vous pouvez prendre les livres qui se trouvent sur les tables. Les feuilles de papier aussi, et chacun une boîte de crayons de couleur. Il ne faut pas vous enfermer ici pendant la belle saison. Allez lire et dessiner dans vos jardins ou dans les parcs. Si vous manquez de quelque chose, vous pouvez venir me le demander.

Les enfants sortent, finalement il n'y a que le petit garçon blond qui reste sagement assis à sa place. Lucas lui demande doucement :

— Et toi? Tu ne rentres pas?

L'enfant ne répond pas, Lucas se tourne vers Agnès :

— Je ne savais pas que c'était votre frère. Je ne savais rien de lui.

— Il est timide. Il s'appelle Samuel. C'est moi qui lui ai conseillé de venir ici, maintenant qu'il commence à savoir lire. C'est le petit dernier. Mon frère Simon travaille déjà à la fabrique depuis cinq ans. Il est camionneur.

L'enfant blond se lève, il prend la main de sa sœur :

— Nous allons manger des crêpes chez le monsieur ?

Agnès dit :

— Oui, montons. Il faut aider Mathias.

Ils montent l'escalier qui mène à l'appartement. Dans la cuisine, Mathias mélange la pâte à crêpes. Agnès dit :

— Mathias, je te présente mon petit frère. Il s'appelle Samuel. Vous pourriez devenir amis, vous avez à peu près le même âge.

Les yeux de Mathias s'écarquillent, il lâche la cuiller en bois, il sort de la cuisine. Agnès se tourne vers Lucas :

— Qu'est-ce qui ne va pas ?

Lucas dit :

— Mathias est sans doute allé chercher quelque chose dans sa chambre. Commencez à faire les crêpes, Agnès, je reviens.

Lucas entre dans la chambre de Mathias. L'enfant est couché sur son duvet, il dit :

— Laisse-moi tranquille. Je veux dormir.

— Tu les a invités, Mathias. C'est une question de politesse.

— J'ai invité Agnès. Je ne savais pas que son frère, c'était lui.

— Moi non plus, je ne le savais pas. Fais un effort pour Agnès, Mathias. Tu l'aimes bien, Agnès ?

— Et toi, tu aimes son frère. Quand je vous ai vus arriver dans la cuisine, j'ai compris ce que c'était une vraie famille. Des parents blonds et beaux, avec leur enfant blond et beau. Je n'ai pas de famille, moi. Je n'ai ni mère ni père, je ne suis pas blond, je suis laid et infirme.

Lucas le serre contre lui :

— Mathias, mon petit garçon. Tu es toute ma vie.

Mathias sourit :

— Bon, allons manger.

Dans la cuisine, la table est mise et il y a une grande pile de crêpes au milieu.

Agnès parle beaucoup, se lève souvent pour servir le thé. Elle s'occupe aussi bien de son petit frère que de Mathias.

— Confiture ? Fromage ? Chocolat ?

Lucas observe Mathias. Il mange peu, il regarde l'enfant blond sans détourner les yeux. L'enfant blond mange beaucoup, il sourit à Lucas quand leurs yeux se rencontrent, il sourit à sa sœur quand elle lui tend quelque chose, mais quand ses yeux bleus rencontrent le regard noir de Mathias, il baisse les siens.

Agnès fait la vaisselle avec Mathias. Lucas monte dans sa chambre. Mathias l'appelle plus tard :

— Il faut raccompagner Agnès et son frère.

Agnès dit :

— Nous n'avons vraiment pas peur de rentrer seuls.

Mathias insiste :

— C'est une question de politesse. Raccompagne-les.

Lucas les raccompagne. Il leur souhaite bonne nuit, et il va s'asseoir sur un banc dans le parc de l'insomniaque.

L'insomniaque dit :

— Il est trois heures et demie. A onze heures l'enfant a allumé un feu dans sa chambre. Je me suis permis de l'interpeller bien que ce ne soit pas dans mes habitudes. Je craignais un incendie. J'ai demandé à l'enfant ce qu'il faisait, il m'a répondu de ne pas m'inquiéter, il brûlait simplement ses devoirs ratés dans un seau en fer devant la fenêtre. Je lui ai demandé pourquoi il ne brûlait pas ses papiers dans la cuisinière, il a répondu qu'il n'avait pas envie d'aller à la cuisine pour cela. Le feu s'est éteint bientôt après et je n'ai plus vu l'enfant, ni entendu de bruit.

Lucas monte l'escalier, entre dans sa chambre, puis dans celle de l'enfant. Devant la fenêtre il y a un seau en fer-blanc qui contient du papier consumé. Le lit de l'enfant est vide. Sur l'oreiller, un cahier bleu, fermé. Sur l'étiquette blanche, il est écrit : LE CAHIER DE MATHIAS. Lucas ouvre le cahier. Il n'y a que des pages vides et la trace de feuilles arrachées. Lucas écarte le rideau rouge sombre. A côté des squelettes de la mère et du bébé est pendu le petit corps de Mathias, déjà bleu.

L'insomniaque entend un long hurlement. Il descend dans la rue, il sonne chez Lucas. Il n'y a pas de réponse. Le vieillard monte l'escalier, entre dans la chambre de Lucas, il voit une autre porte, il l'ouvre. Lucas est couché sur le lit serrant le corps de l'enfant sur sa poitrine.

— Lucas ?

Lucas ne répond pas, ses yeux grands ouverts fixent le plafond.

L'insomniaque redescend dans la rue, il va sonner chez Peter. Peter ouvre une fenêtre :

— Que se passe-t-il, Michael ?

— Lucas a besoin de vous. Il est arrivé un grand malheur. Venez.

— Rentrez, Michael. Je m'occuperai de tout.

Il monte chez Lucas. Il voit le seau en fer, les deux corps couchés sur le lit. Il écarte le rideau, découvre les squelettes et, sur le même crochet, un bout de corde coupée au rasoir.

Il retourne vers le lit, repousse doucement le corps de l'enfant et donne deux gifles à Lucas :

— Réveillez-vous !

Lucas ferme les yeux, Peter le secoue :

— Dites-moi ce qui s'est passé !

Lucas dit :

— C'est Yasmine. Elle me l'a repris.

Peter dit durement :

— Ne répétez jamais cette phrase devant quelqu'un d'autre que moi, Lucas. M'avez-vous compris ? Regardez-moi !

Lucas regarde Peter :

— Oui, j'ai compris. Que dois-je faire à présent, Peter ?

— Rien. Restez couché. Je vous apporterai des calmants. Je m'occuperai aussi des formalités.

Lucas enlace le corps de Mathias :

— Merci, Peter. Je n'ai pas besoin de calmants.

— Non ? Alors essayez de pleurer, au moins. Où sont vos clés ?

— Je ne sais pas. Elles sont peut-être restées sur la porte d'entrée.

— Je vous enferme. Il ne faut pas que vous sortiez dans cet état. Je reviendrai.

Peter trouve un sac dans la cuisine, décroche les squelettes, les glisse dans le sac et les emporte chez lui.

Lucas et Peter suivent le chariot de Joseph sur lequel est posé le cercueil de l'enfant.

Au cimetière, un fossoyeur, assis sur un tas de terre, mange du lard avec des oignons.

Mathias est enterré dans la tombe de la grand-mère et du grand-père de Lucas.

Quand le fossoyeur a comblé le trou, Lucas plante lui-même la croix sur laquelle est gravé : « Mathias » et deux dates. L'enfant a vécu sept ans et quatre mois.

Joseph demande :

— Je vous ramène, Lucas?

Lucas dit :

— Rentrez, Joseph, et merci. Merci pour tout.

— Ça ne sert à rien de rester ici.

Peter dit :

— Venez, Joseph. Je rentre avec vous.

Lucas entend le chariot s'éloigner. Il s'assied à côté de la tombe. Les oiseaux chantent.

Une femme vêtue de noir passe silencieusement et dépose un bouquet de violettes au pied de la croix.

Plus tard, Peter revient. Il touche l'épaule de Lucas :

— Venez. Ce sera bientôt la nuit.

Lucas dit :

— Je ne peux pas le laisser là, seul dans la nuit. Il a peur de la nuit. Il est encore si petit.

— Non, maintenant, il n'en a plus peur. Venez, Lucas.

Lucas se lève, il fixe la tombe :

— J'aurais dû le laisser partir avec sa mère. J'ai commis une erreur mortelle, Peter, en voulant garder l'enfant à n'importe quel prix.

Peter dit :

— Chacun d'entre nous commet dans sa vie une erreur mortelle, et quand nous nous en rendons compte, l'irréparable s'est déjà produit.

Ils redescendent en ville. Devant la librairie, Peter demande :

— Voulez-vous venir chez moi ou préférez-vous rentrer ?

— Je préfère rentrer.

Lucas rentre. Il s'assied à son bureau, regarde la porte fermée de la chambre de l'enfant, ouvre un cahier d'écolier, y écrit :

« Pour Mathias tout va bien. Il est toujours le premier à l'école et il ne fait plus de cauchemars. »

Lucas referme le cahier, il sort de la maison, retourne au cimetière et s'endort sur la tombe de l'enfant.

A l'aube, l'insomniaque vient le réveiller :

— Venez, Lucas. Il faut ouvrir la librairie.

— Oui, Michael.

8

Claus arrive par le train. La petite gare n'a pas changé, mais un autocar y attend maintenant les voyageurs.

Claus ne prend pas le car, il marche à pied vers le centre de la ville. Les marronniers sont en fleur, la rue est aussi déserte et silencieuse qu'autrefois.

Place Principale, Claus s'arrête. Un grand bâtiment à deux étages s'élève à la place des petites maisons simples et basses. C'est un hôtel. Claus y entre et demande à la réceptionniste :

— Quand cet hôtel a-t-il été construit ?

— Il y a dix ans environ, monsieur. Voulez-vous une chambre.

— Je ne sais pas encore. Je reviendrai dans quelques heures. Pouvez-vous garder ma valise en attendant ?

— Très volontiers.

Claus reprend sa marche, traverse la ville, laisse les dernières maisons, prend un chemin non goudronné qui le mène à un terrain de sport. Claus traverse le terrain et s'assied dans l'herbe au bord de la rivière. Plus tard des enfants commencent à jouer à la balle. Claus demande à l'un d'entre eux :

— Il y a longtemps que ce terrain de sport existe ?

L'enfant hausse les épaules :

— Le terrain ? Il a toujours existé.

Claus retourne en ville, il monte au château, puis au cimetière. Il cherche longtemps, mais il ne retrouve pas la tombe de grand-mère et de grand-père. Il redescend en ville, il s'assied sur un banc place Principale, il regarde les gens qui font leurs courses, rentrent du travail, se promènent à pied ou à bicyclette. Il n'y a que très peu de voitures. Quand les magasins ferment, la place se vide, et Claus entre de nouveau dans l'hôtel.

— Je prends une chambre, mademoiselle.

— Pour combien de jours ?

— Je ne sais pas encore.

— Puis-je avoir votre passeport, monsieur ?

— Tenez.

— Vous êtes étranger ? Où avez-vous appris si bien notre langue ?

— Ici. J'ai passé mon enfance dans cette ville.

Elle le regarde :

— Il y a bien longtemps, alors.

Claus rit :

— Vous me trouvez donc si vieux ?

La jeune femme rougit :

— Non, non, ce n'est pas ce que je voulais dire. Je vous donne notre plus belle chambre, elles sont presque toutes libres, la saison n'a pas encore commencé.

— Vous avez beaucoup de touristes ?

— En été, beaucoup. Je vous recommande aussi notre restaurant, monsieur.

Claus monte dans sa chambre, au premier étage. Ses deux fenêtres donnent sur la place.

Claus mange dans le restaurant désert et remonte dans

sa chambre. Il ouvre sa valise, range ses habits dans l'armoire, tire un fauteuil devant l'une des fenêtres et regarde la rue déserte. De l'autre côté de la place, les anciennes maisons sont restées intactes. Elles sont restaurées, repeintes en rose, en jaune, en bleu, en vert. Le rez-de-chaussée de chacune d'elles est occupé par une boutique ou un magasin : épicerie, « souvenirs », laiterie, librairie, « mode ». La librairie se trouve dans la maison bleue où elle se trouvait déjà quand Claus était enfant et qu'il venait y acheter du papier et des crayons.

Le lendemain, Claus retourne au terrain de sport, au château, au cimetière, à la gare. Quand il est fatigué, il entre dans un bistrot, il s'assied dans un parc. En fin d'après-midi, il revient sur la place Principale, il entre dans la librairie.

Un homme aux cheveux blancs, assis au comptoir, lit sous la lumière d'une lampe de bureau. Le magasin est dans la pénombre, il n'y a aucun client. L'homme aux cheveux blancs se lève :

— Excusez-moi, j'ai oublié d'allumer.

La salle et les vitrines s'éclairent. L'homme demande :

— Vous désirez?

Claus dit :

— Ne vous dérangez pas. Je regarde seulement.

L'homme enlève ses lunettes :

— Lucas!

Claus sourit :

— Vous connaissez mon frère! Où est-il?

L'homme répète :

— Lucas !

— Je suis le frère de Lucas. Je m'appelle Claus.

— Ne plaisantez pas, Lucas, je vous en prie.

Claus sort son passeport de sa poche :

— Voyez vous-même.

L'homme examine le passeport :

— Cela ne prouve rien.

Claus dit :

— Je regrette, je n'ai aucun autre moyen de prouver mon identité. Je suis Claus T. et je suis à la recherche de mon frère Lucas. Vous le connaissez. Il vous a certainement parlé de moi, de son frère Claus.

— Oui, il m'a souvent parlé de vous, mais je dois vous avouer que je n'ai jamais cru à votre existence.

Claus rit :

— Quand je parlais de Lucas à quelqu'un, on ne me croyait pas, moi non plus. C'est comique, vous ne trouvez pas ?

— Non, pas vraiment. Venez, asseyons-nous là.

Il désigne une table basse et des fauteuils au fond du magasin, devant la porte-fenêtre ouverte sur le jardin.

— Si vous n'êtes pas Lucas, je dois me présenter. Je m'appelle Peter. Peter N. Mais si vous n'êtes pas Lucas, pourquoi êtes-vous entré ici, exactement ici ?

Claus dit :

— Je suis arrivé hier. En premier lieu, je suis allé à la maison de grand-mère, mais elle n'existe plus. Il y a un terrain de sport à la place. Si je suis entré ici, c'est parce que, dans mon enfance, c'était déjà une librairie. Nous y sommes souvent venus acheter du papier et des crayons. Je me souviens encore de l'homme qui la tenait. Un homme pâle et obèse. C'est lui que j'espérais trouver ici.

— Victor ?

— Je ne sais pas son nom. Je ne l'ai jamais su.

— Il s'appelait Victor. Il est mort.

— Évidemment. Il n'était déjà pas très jeune à l'époque.

— C'est cela.

Peter regarde le jardin sombrer dans la nuit. Claus dit :

— Je croyais, naïvement, retrouver Lucas dans la maison de grand-mère, après tant d'années. Où est-il ?

Peter continue à regarder la nuit :

— Je ne sais pas.

— Y a-t-il dans cette ville quelqu'un qui puisse le savoir ?

— Non, je ne le pense pas.

— Vous le connaissiez bien ?

Peter regarde Claus dans les yeux :

— Aussi bien qu'on puisse connaître quelqu'un.

Peter se penche par-dessus la table, serre les épaules de Claus :

— Arrêtez, Lucas, cessez cette comédie ! Ça ne sert à rien ! N'avez-vous pas honte de me faire ça, à moi ?

Claus se dégage, se lève :

— Je vois que vous étiez très liés, Lucas et vous.

Peter se laisse tomber dans son fauteuil :

— Oui, très. Excusez-moi, Claus. J'ai connu Lucas quand il avait quinze ans. A l'âge de trente ans, il a disparu.

— Disparu ? Vous voulez dire qu'il a quitté cette ville ?

— Cette ville, et peut-être aussi ce pays. Et il revient aujourd'hui sous un autre prénom. J'ai toujours trouvé stupide ce jeu de mots avec vos prénoms.

— Notre grand-père portait ce prénom double, Claus-Lucas. Notre mère, qui avait beaucoup d'affection pour son père, nous a donné ces deux prénoms. Ce n'est pas Lucas qui est devant vous, Peter, c'est Claus.

Peter se lève :

— Bien, Claus. Dans ce cas, je dois vous remettre quelque chose que votre frère Lucas m'a confié. Attendez-moi.

Peter monte dans l'appartement, il redescend peu après avec cinq grands cahiers d'écolier :

— Tenez. Ils vous sont destinés. Il y en avait beaucoup plus au départ, mais il les reprenait, les corrigeait, éliminant tout ce qui n'était pas indispensable. S'il en avait eu le temps, je crois qu'il aurait tout éliminé.

Claus secoue la tête :

— Non, pas tout. Il en aurait gardé l'essentiel. Pour moi.

Il prend les cahiers, il sourit :

— Enfin, voici la preuve de l'existence de Lucas. Merci, Peter. Personne ne les a lus?

— A part moi, personne.

— Je loge à l'hôtel, en face. Je reviendrai.

Claus lit toute la nuit, levant parfois les yeux pour observer la rue.

Au-dessus de la librairie, deux des trois fenêtres de l'appartement restent éclairées longtemps, la troisième est sombre.

Le matin, Peter remonte le rideau de fer du magasin, Claus se couche. Après midi, Claus sort de l'hôtel, il prend un repas dans un des bistrots populaires de la ville où on sert des plats chauds à n'importe quelle heure de la journée.

Le ciel est couvert. Claus retourne au terrain de sport, s'assied au bord de la rivière. Il reste assis là jusqu'à ce que le soir tombe et qu'il commence à pleuvoir. Quand Claus arrive place Principale, la librairie est déjà fermée. Claus sonne à la porte d'entrée de l'appartement. Peter se penche à la fenêtre :

— La porte n'est pas fermée. Je vous attendais. Vous n'avez qu'à monter.

Claus trouve Peter dans la cuisine. Plusieurs casseroles fument sur la cuisinière. Peter dit :

— Le repas n'est pas prêt. J'ai de l'eau-de-vie. En voulez-vous ?

— Oui. J'ai lu les cahiers. Que s'est-il passé après ? Après la mort de l'enfant ?

— Rien. Lucas continuait à travailler. Il ouvrait le magasin le matin, il le fermait le soir. Il servait les clients sans mot dire. Il ne parlait presque plus. Certaines personnes le croyaient muet. Je venais le voir souvent, nous jouions aux échecs en silence. Il jouait mal. Il ne lisait plus, n'écrivait plus. Je crois qu'il mangeait très peu et qu'il ne dormait presque jamais. La lumière restait allumée toute la nuit dans sa chambre, mais il n'y était pas. Il se promenait dans les rues obscures de la ville et dans le cimetière. Il disait que le lieu idéal pour dormir, c'était la tombe de quelqu'un qu'on avait aimé.

Peter se tait, verse à boire. Claus dit :

— Et ensuite ? Continuez, Peter.

— Bien. Cinq ans plus tard, au cours des travaux entrepris pour la construction du terrain de sport, j'ai appris qu'on avait découvert un cadavre de femme enfoui au bord de la rivière, près de la maison de votre grand-mère. J'en ai averti Lucas. Il m'a remercié et le lendemain il a disparu. Personne ne l'a revu depuis ce jour-là. Sur son bureau, il a laissé une lettre par laquelle il me confiait la maison et la librairie. Le plus triste dans cette histoire, voyez-vous, Claus, c'est que le corps de Yasmine n'a pas pu être identifié. Les autorités ont bâclé l'affaire. Des cadavres, il y en a partout dans le sol de ce malheureux pays depuis la guerre et la révolution. Ce cadavre-là pouvait être celui de n'importe quelle femme qui aurait essayé de passer la frontière et aurait sauté sur une mine. Lucas n'aurait pas été inquiété.

Claus dit :

— Il pourrait revenir maintenant. Il y a prescription.

— Oui, je suppose, après vingt ans il y a prescription.

Peter regarde Claus dans les yeux :

— C'est cela, Claus. Lucas pourrait revenir maintenant.

Claus soutient le regard de Peter :

— Oui, Peter. Il est probable que Lucas revienne.

— On dit qu'il se cache dans la forêt et qu'il vient rôder dans les rues de la ville après la tombée de la nuit. Mais ce ne sont que des racontars.

Peter secoue la tête :

— Venez dans ma chambre, Claus. Je vais vous montrer la lettre de Lucas.

Claus lit :

— « Je confie ma maison et la librairie qui en fait partie à Peter N. — à condition qu'il garde les *lieux en l'état* — jusqu'à mon retour ou, à défaut, jusqu'au retour de mon frère Claus T. Signé : Lucas T. »

Peter dit :

— C'est lui qui a souligné « les lieux en l'état ». Maintenant, que vous soyez Claus ou Lucas, cette maison vous appartient.

— Voyons, Peter, je ne suis venu ici que pour peu de

temps, je n'ai qu'un visa de trente jours. Je suis citoyen d'un autre pays et, vous le savez, aucun étranger ne peut posséder un bien quelconque ici.

Peter dit :

— Mais vous pouvez accepter l'argent qui provient du bénéfice de la librairie et que je dépose chaque mois à la banque depuis vingt ans.

— De quoi vivez-vous donc ?

— J'ai une retraite de fonctionnaire et la maison de Victor que je loue. Je ne m'occupe de la librairie que pour vous deux. Je tiens les comptes scrupuleusement, vous pouvez les consulter.

Lucas dit :

— Merci, Peter. Je n'ai pas besoin d'argent, et je n'ai aucune envie de consulter vos comptes. Je suis revenu seulement pour voir mon frère.

— Pourquoi ne lui avez-vous jamais écrit ?

— Nous avons décidé de nous séparer. Cette séparation devait être totale. Une frontière n'y suffisait pas, il y fallait aussi le silence.

— Vous êtes pourtant revenu. Pourquoi ?

— L'épreuve a assez duré. Je suis fatigué et malade, je veux revoir Lucas.

— Vous savez bien que vous ne le reverrez pas.

Une voix de femme appelle de la chambre voisine :

— Il y a quelqu'un, Peter ? Qui est-ce ?

Claus regarde Peter :

— Vous avez une femme ? Vous êtes marié ?

— Non, c'est Clara.

— Clara ? Elle n'est pas morte ?

— On la croyait morte, oui. Mais elle n'était qu'internée. Peu après la disparition de Lucas, elle est revenue. Elle n'avait ni emploi ni argent. Elle cherchait Lucas. Je l'ai prise chez moi, c'est-à-dire ici. Elle occupe la petite chambre, la chambre de l'enfant. Je prends soin d'elle. Voulez-vous la voir ?

— Oui, j'aimerais la voir.

Peter ouvre la porte de la chambre :

— Clara, nous avons la visite d'un ami.

Claus entre dans la chambre. Clara est assise dans un fauteuil à bascule devant la fenêtre, une couverture sur les genoux, un châle sur les épaules. Elle tient un livre, mais elle ne lit pas. Son regard se perd dans l'ouverture de la fenêtre. Elle se balance.

Claus dit :

— Bonsoir, Clara.

Clara ne le regarde pas, elle récite d'un ton monocorde :

— Il pleut comme toujours. Pluie fine et froide, elle tombe sur les maisons, sur les arbres, sur les tombes. Quand « ils » viennent me voir, la pluie ruisselle sur leurs visages défaits. « Ils » me regardent et le froid devient plus intense. Mes murs ne me protègent plus. Ils ne m'ont jamais protégée. Leur solidité n'est qu'illusion, leur blancheur est souillée.

Sa voix change brusquement :

— J'ai faim, Peter ! Quand mange-t-on ? Avec vous, tous les repas sont en retard.

Peter retourne dans la cuisine, Claus dit :

— C'est moi, Clara.

— C'est toi ?

Elle regarde Claus, lui tend les bras. Il s'agenouille à ses pieds, lui enlace les jambes, pose la tête sur ses genoux. Clara lui caresse les cheveux. Claus prend la main de Clara, la presse sur sa joue, contre ses lèvres. Une main desséchée, maigre, couverte de taches de vieillesse.

Elle dit :

— Tu m'as laissée seule longtemps, trop longtemps, Thomas.

Des larmes coulent sur son visage. Claus les essuie avec son mouchoir :

— Je ne suis pas Thomas. N'avez-vous aucun souvenir de Lucas ?

Clara ferme les yeux, secoue la tête :

— Tu n'as pas changé, Thomas. Tu as un peu vieilli, mais tu es toujours le même. Embrasse-moi.

Elle sourit, découvrant une bouche édentée.

Claus recule, se lève. Il va à la fenêtre, regarde la rue. La place Principale est vide, sombre sous la pluie. Seul le Grand Hôtel se détache de l'obscurité avec son entrée illuminée.

Clara se remet à se balancer :

— Allez-vous-en. Qui êtes-vous ! Que faites-vous dans ma chambre ? Pourquoi Peter ne vient-il pas ? Il faut que je mange et que je me couche. Il est tard.

Claus sort de la chambre de Clara, il retrouve Peter dans la cuisine :

— Clara a faim.

Peter apporte le plateau à Clara. Quand il revient, il dit :

— Elle s'intéresse beaucoup à la nourriture. Je lui monte un plateau trois fois par jour. Heureusement, elle dort beaucoup grâce à ses médicaments.

— Elle est une lourde charge pour vous.

Peter sert du ragoût avec des pâtes :

— Non, pas tellement. Elle ne me dérange pas. Elle me traite comme si j'étais son valet, mais cela m'est égal. Mangez, Claus.

— Je n'ai pas faim. Elle ne sort jamais ?

— Clara ? Non. Elle n'en a pas envie et, de toute façon, elle se perdrait. Elle lit beaucoup et elle aime regarder le ciel.

— Et l'insomniaque ? Il devait habiter en face, là où se trouve l'hôtel actuellement.

Peter se lève :

— Oui, exactement. Je n'ai pas faim, moi non plus. Venez, sortons.

Ils marchent dans la rue. Peter désigne une maison :

— Moi, j'habitais là, à l'époque. Au premier étage. Si vous n'êtes pas fatigué, je peux aussi vous montrer la maison où habitait Clara.

— Je ne suis pas fatigué.

Peter s'arrête devant une petite maison sans étage, rue de la Gare :

— C'était ici. Cette maison va bientôt être démolie comme presque toutes les maisons de cette rue. Elles sont trop vieilles, insalubres.

Claus frissonne :

— Rentrons. Je suis transi.

Ils se quittent devant l'entrée de l'hôtel. Claus dit :

— Je suis allé plusieurs fois au cimetière, mais je n'ai pas retrouvé la tombe de grand-mère.

— Je vous la montrerai demain. Venez à la librairie à dix-huit heures. Il fera encore jour.

Dans une partie abandonnée du cimetière, Peter plante son parapluie dans la terre :

— Elle est là, la tombe.

— Comment pouvez-vous le savoir avec certitude ? Il n'y a que des mauvaises herbes, pas de croix. Rien. Vous pouvez vous tromper.

— Me tromper ? Si vous saviez combien de fois j'y suis venu pour chercher votre frère Lucas. Et encore après, plus tard, quand il n'était plus là. Ce lieu est devenu pour moi le but d'une promenade presque quotidienne.

Ils redescendent en ville. Peter s'occupe de Clara, puis ils boivent de l'eau-de-vie dans la chambre qui était celle de Lucas. La pluie tombe sur le rebord de la fenêtre, entre dans la pièce. Peter va chercher une serpillière pour éponger l'eau.

— Parlez-moi de vous, Claus.

— Je n'ai rien à dire.

— Là-bas, la vie est-elle plus facile ?

Claus hausse les épaules :

— C'est une société basée sur l'argent. Il n'y a pas de place pour les questions concernant la vie. J'ai vécu pendant trente ans dans une solitude mortelle.

— N'avez-vous jamais eu une femme, un enfant ?

Claus rit :

— Des femmes, oui. Beaucoup de femmes. Des enfants, non.

Après un silence il demande :

— Qu'avez-vous fait des squelettes, Peter ?

— Je les ai remis à leur place. Voulez-vous les voir ?

— Il ne faut pas déranger Clara.

— Nous ne traverserons pas sa chambre. Il y a une autre porte. Vous ne vous en souvenez pas ?

— Comment pourrais-je m'en souvenir ?

— Vous auriez pu la remarquer en passant devant. C'est la première porte à gauche en arrivant sur le palier de l'étage.

— Non, je ne l'ai pas remarquée.

— Il est vrai que cette porte se confond avec la tapisserie du mur.

Ils entrent dans un petit espace qu'un lourd rideau sépare de la chambre de Clara. Peter allume une lampe de poche, il éclaire les squelettes.

Claus dit tout bas :

— Il y en a trois.

Peter dit :

— Vous pouvez parler normalement. Clara ne se réveillera pas. Elle prend des sédatifs puissants. J'ai oublié de vous dire que Lucas a déterré le corps de Mathias deux ans après son enterrement. Il m'avait expliqué que c'était plus simple pour lui, il était fatigué de passer ses nuits au cimetière pour tenir compagnie à l'enfant.

Peter éclaire une paillasse sous les squelettes :

— C'est là qu'il dormait.

Claus touche la paillasse, la couverture militaire grise qui la recouvre :

— C'est tiède.

— Qu'allez-vous imaginer là, Claus ?

— J'aimerais dormir ici, juste pour une nuit, voulez-vous bien, Peter ?

— Vous êtes chez vous.

Procès-verbal dressé par les autorités de la ville de K. à l'intention de l'ambassade de D.

Objet : Demande de rapatriement de votre citoyen Claus T., incarcéré présentement dans la prison de la ville de K.

Claus T., âgé de cinquante ans, en possession d'un passeport valable, muni d'un visa de trente jours pour touriste, est arrivé dans notre ville le 2 du mois d'avril de l'année courante. Il a loué une chambre dans l'unique hôtel de notre ville, le Grand Hôtel, situé place Principale.

Claus T. a passé trois semaines dans l'hôtel, se comportant en touriste, se promenant dans la ville, visitant les lieux historiques, prenant ses repas au restaurant de l'hôtel ou dans un des restaurants plus populaires de la ville.

Claus T. allait souvent à la librairie en face de l'hôtel pour y acheter du papier et des crayons. Connaissant la langue du pays, il bavardait volontiers avec la libraire, Mme B., et aussi avec d'autres personnes, dans les lieux publics.

Passé trois semaines, Claus T. a demandé à Mme B. si elle pouvait lui louer les deux chambres au-dessus de la librairie, au mois. Comme il en offrait un prix élevé, Mme B.

lui a cédé son appartement de deux pièces et elle est allée se loger chez sa fille qui habite non loin de là.

Claus T. a demandé la prolongation de son visa à trois reprises, ce qui a été fait sans difficulté. Par contre sa quatrième demande de prolongation lui a été refusée au mois d'août. Claus T. n'a tenu aucun compte de ce refus et, par suite d'une négligence de nos employés, les choses en sont restées là jusqu'au mois d'octobre. Le 30 octobre, au cours d'un contrôle d'identité de routine, nos agents de la police locale ont constaté que les papiers de Lucas T. n'étaient plus en règle.

A ce moment-là, Claus T. n'avait plus d'argent. Il devait deux mois de loyer à Mme B., il ne mangeait presque plus, il allait de bistrot en bistrot en jouant de l'harmonica. Les ivrognes lui payaient à boire, Mme B. lui apportait tous les jours un peu de potage.

Lors de son interrogatoire, Claus T. a prétendu être né dans notre pays, avoir passé son enfance dans notre ville, chez sa grand-mère, et a déclaré vouloir rester ici jusqu'au retour de son frère Lucas T. Le nommé Lucas ne figure sur aucun registre de la ville de K. Claus T. non plus.

Nous vous prions de bien vouloir régler la facture ci-jointe (amende, frais de l'enquête, loyer de Mme B.) et de rapatrier Claus T. sous votre responsabilité.

Signé, pour les autorités de la ville de K. : I.S.

Post-scriptum :

Nous avons naturellement, pour des raisons de sécurité, examiné le manuscrit en possession de Claus T. Il prétend, par ce manuscrit, prouver l'existence de son frère Lucas qui en aurait écrit la plus grande partie, lui-même, Claus, n'ayant ajouté que les dernières pages, le chapitre numéro huit. Or l'écriture est de la même main du début à la fin et les feuilles de papier ne présentent aucun signe de vieillissement. La totalité de ce texte a été écrite d'un seul trait, par la même personne, dans un laps de temps qui ne peut remonter à plus de six mois, c'est-à-dire par Claus T. lui-même pendant son séjour dans notre ville.

En ce qui concerne le contenu du texte, il ne peut s'agir que d'une fiction car ni les événements décrits ni les personnages y figurant n'ont existé dans la ville de K., à l'exception toutefois d'une personne, la grand-mère prétendue de Claus T., dont nous avons retrouvé la trace. Cette femme possédait en effet une maison à l'emplacement de l'actuel terrain de sport. Décédée sans héritier il y a trente-cinq ans, elle figure sur nos registres sous le nom de Maria Z., épouse V.

Il est possible que pendant la guerre on lui ait confié la garde d'un ou de plusieurs enfants.

IMPRIMERIE BRODARD ET TAUPIN À LA FLÈCHE
DÉPÔT LÉGAL MARS 1990. N° 11573 (1337C-5)

Collection Points

SÉRIE ROMAN

DERNIERS TITRES PARUS

R238. Les Deux Sacrements, *par Heinrich Böll*
R239. Cherchant qui dévorer, *par Luc Estang*
R240. Le Tournant, *par Klaus Mann*
R241. Aurélia, *par France Huser*
R242. Le Sixième Hiver
par Douglas Orgill et John Gribbin
R243. Naissance d'un spectre, *par Frédérick Tristan*
R244. Lorelei, *par Maurice Genevoix*
R245. Le Bois de la nuit, *par Djuna Barnes*
R246. La Caverne céleste, *par Patrick Grainville*
R247. L'Alliance, tome 1, *par James A. Michener*
R248. L'Alliance, tome 2, *par James A. Michener*
R249. Juliette, chemin des Cerisiers, *par Marie Chaix*
R250. Le Baiser de la femme-araignée, *par Manuel Puig*
R251. Le Vésuve, *par Emmanuel Roblès*
R252. Comme neige au soleil, *par William Boyd*
R253. Palomar, *par Italo Calvino*
R254. Le Visionnaire, *par Julien Green*
R255. La Revanche, *par Henry James*
R256. Les Années-lumière, *par Rezvani*
R257. La Crypte des capucins, *par Joseph Roth*
R258. La Femme publique, *par Dominique Garnier*
R259. Maggie Cassidy, *par Jack Kerouac*
R260. Mélancolie Nord, *par Michel Rio*
R261. Énergie du désespoir, *par Eric Ambler*
R262. L'Aube, *par Elie Wiesel*
R263. Le Paradis des orages, *par Patrick Grainville*
R264. L'Ouverture des bras de l'homme
par Raphaële Billetdoux
R265. Méchant, *par Jean-Marc Roberts*
R266. Un policeman, *par Didier Decoin*
R267. Les Corps étrangers, *par Jean Cayrol*
R268. Naissance d'une passion, *par Michel Braudeau*
R269. Dara, *par Patrick Besson*
R270. Parias, *par Pascal Bruckner*
R271. Le Soleil et la Roue, *par Rose Vincent*

R272. Le Malfaiteur, *par Julien Green*
R273. Scarlett si possible, *par Katherine Pancol*
R274. Journal d'une fille de Harlem, *par Julius Horwitz*
R275. Le Nez de Mazarin, *par Anny Duperey*
R276. La Chasse à la licorne, *par Emmanuel Roblès*
R277. Red Fox, *par Anthony Hyde*
R278. Minuit, *par Julien Green*
R279. L'Enfer, *par René Belletto*
R280. Et si on parlait d'amour, *par Claire Gallois*
R281. Pologne, *par James A. Michener*
R282. Notre homme, *par Louis Gardel*
R283. La Nuit du solstice, *par Herbert Lieberman*
R284. Place de Sienne, côté ombre
par Carlo Fruttero et Franco Lucentini
R285. Meurtre au comité central
par Manuel Vásquez Montalbán
R286. L'Isolé soleil, *par Daniel Maximin*
R287. Samedi soir, dimanche matin, *par Alan Sillitoe*
R288. Petit Louis, dit XIV, *par Claude Duneton*
R289. Le Perchoir du perroquet, *par Michel Rio*
R290. L'Enfant pain, *par Agustin Gomez-Arcos*
R291. Les Années Lula, *par Rezvani*
R292. Michael K, sa vie, son temps, *par J. M. Coetzee*
R293. La Connaissance de la douleur
par Carlo Emilio Gadda
R294. Complot à Genève, *par Eric Ambler*
R295. Serena, *par Giovanni Arpino*
R296. L'Enfant de sable, *par Tahar Ben Jelloun*
R297. Le Premier Regard, *par Marie Susini*
R298. Regardez-moi, *par Anita Brookner*
R299. La Vie fantôme, *par Danièle Sallenave*
R300. L'Enchanteur, *par Vladimir Nabokov*
R301. L'Ile atlantique, *par Tony Duvert*
R302. Le Grand Cahier, *par Agota Kristof*
R303. Le Manège espagnol, *par Michel del Castillo*
R304. Le Berceau du chat, *par Kurt Vonnegut*
R305. Une histoire américaine, *par Jacques Godbout*
R306. Les Fontaines du grand abîme, *par Luc Estang*
R307. Le Mauvais Lieu, *par Julien Green*
R308. Aventures dans le commerce des peaux en Alaska
par John Hawkes
R309. La Vie et demie, *par Sony Labou Tansi*
R310. Jeune Fille en silence, *par Raphaële Billetdoux*

R311. La Maison près du marais, *par Herbert Lieberman*
R312. Godelureaux, *par Eric Ollivier*
R313. La Chambre ouverte, *par France Huser*
R314. L'Œuvre de Dieu, la part du Diable, *par John Irving*
R315. Les Silences ou la vie d'une femme, *par Marie Chaix*
R316. Les Vacances du fantôme, *par Didier van Cauwelaert*
R317. Le Levantin, *par Eric Ambler*
R318. Beno s'en va-t-en guerre, *par Jean-Luc Benoziglio*
R319. Miss Lonelyhearts, *par Nathanaël West*
R320. Cosmicomics, *par Italo Calvino*
R321. Un été à Jérusalem, *par Chochana Boukhobza*
R322. Liaisons étrangères, *par Alison Lurie*
R323. L'Amazone, *par Michel Braudeau*
R324. Le Mystère de la crypte ensorcelée
par Eduardo Mendoza
R325. Le Cri, *par Chochana Boukhobza*
R326. Femmes devant un paysage fluvial, *par Heinrich Böll*
R327. La Grotte, *par Georges Buis*
R328. Bar des flots noirs, *par Olivier Rolin*
R329. Le Stade de Wimbledon, *par Daniele Del Giudice*
R330. Le Bruit du temps, *par Ossip E. Mandelstam*
R331. La Diane rousse, *par Patrick Grainville*
R332. Les Éblouissements, *par Pierre Mertens*
R333. Talgo, *par Vassilis Alexakis*
R334. La Vie trop brève d'Edwin Mullhouse
par Steven Millhauser
R335. Les Enfants pillards, *par Jean Cayrol*
R336. Les Mystères de Buenos Aires, *par Manuel Puig*
R337. Le Démon de l'oubli, *par Michel del Castillo*
R338. Christophe Colomb, *par Stephen Marlowe*
R339. Le Chevalier et la Reine, *par Christopher Frank*
R340. Autobiographie de tout le monde, *par Gertrude Stein*
R341. Archipel, *par Michel Rio*
R342. Texas, tome 1, *par James A. Michener*
R343. Texas, tome 2, *par James A. Michener*
R344. Loyola's blues, *par Erik Orsenna*
R345. L'Arbre aux trésors, légendes, *par Henri Gougaud*
R346. Les Enfants des morts, *par Henrich Böll*
R347. Les Cent Premières Années de Niño Cochise
par A. Kinney Griffith et Niño Cochise
R348. Vente à la criée du lot 49, par *Thomas Pynchon*
R349. Confessions d'un enfant gâté
par Jacques-Pierre Amette

R350. Boulevard des trahisons, *par Thomas Sanchez*
R351. L'Incendie, *par Mohammed Dib*
R352. Le Centaure, *par John Updike*
R353. Une fille cousue de fil blanc, *par Claire Gallois*
R354. L'Adieu aux champs, *par Rose Vincent*
R355. La Ratte, *par Günter Grass*
R356. Le Monde hallucinant, *par Reinaldo Arenas*
R357. L'Anniversaire, *par Mouloud Feraoun*
R358. Le Premier Jardin, *par Anne Hébert*
R359. L'Amant sans domicile fixe
par Carlo Fruttero et Franco Lucentini
R360. L'Atelier du peintre, *par Patrick Grainville*
R361. Le Train vert, *par Herbert Lieberman*
R362. Autopsie d'une étoile, *par Didier Decoin*
R363. Un joli coup de lune, *par Chester Himes*
R364. La Nuit sacrée, *par Tahar Ben Jelloun*
R365. Le Chasseur, *par Carlo Cassola*
R366. Mon père américain, *par Jean-Marc Roberts*
R367. Remise de peine, *par Patrick Modiano*
R368. Le Rêve du singe fou, *par Christopher Frank*
R369. Angelica, *par Bertrand Visage*
R370. Le Grand Homme, *par Claude Delarue*
R371. La Vie comme à Lausanne, *par Erik Orsenna*
R372. Une amie d'Angleterre, *par Anita Brookner*
R373. Norma ou l'exil infini, *par Emmanuel Roblès*
R374. Les Jungles pensives, *par Michel Rio*
R375. Les Plumes du pigeon, *par John Updike*
R376. L'Héritage Schirmer, *par Eric Ambler*
R377. Les Flamboyants, *par Patrick Grainville*
R378. L'Objet perdu de l'amour, *par Michel Braudeau*
R379. Le Boucher, *par Alina Reyes*
R380. Le Labyrinthe aux olives, *par Eduardo Mendoza*
R381. Les Pays lointains, *par Julien Green*
R382. L'Épopée du buveur d'eau, *par John Irving*
R383. L'Écrivain public, *par Tahar Ben Jelloun*
R384. Les Nouvelles Confessions, *par William Boyd*
R385. Les Lèvres nues, *par France Huser*
R386. La Famille de Pascal Duarte, *par Camilo José Cela*
R387. Une enfance à l'eau bénite, *par Denise Bombardier*
R388. La Preuve, *par Agota Kristof*
R389. Tarabas, *par Joseph Roth*
R390. Replay, *par Ken Grimwood*
R391. Rabbit Boss, *par Thomas Sanchez*